온전히
나답게

- 일러두기 -

'그 후의 이야기'는 『온전히 나답게』 개정판을 출간하며 추가된 새로운 원고입니다.

인생은 느슨하게

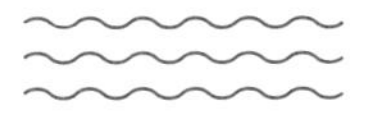

매일은 성실하게

온전히 나답게

한수희 지음

indigo

차례

개정판을 내며 | 느슨한 연결의 위안 008

프롤로그 | 나답게 산다는 것 016

CHAPTER 1
추운 집에 사는 여자

026 추운 집에 사는 여자
035 + 낡은 집에 사는 여자
042 도망치고 싶을 땐 달리기
048 크루아상 나눠 먹기
055 가방을 잘 꾸리는 여자가 되고 싶다
063 나의 쇼핑 회고록
071 정리 정돈의 아주 쉬운 기술
078 나의 책 구입법
085 고독한 식사
092 마음을 먹어야 할 때
099 숲길을 걷는 법

CHAPTER 2

승리의 맥주

108 에디 히긴스를 듣는 날
116 원피스 수영복 철학
123 내 좋은 친구들에게
128 가난 동경
135 봄밤과 같은 동네 친구
140 회사에서 배운 것
147 샹젤리제에서 춤에 은퇴했다
152 내가 살고 싶은 곳
158 나의 입장
166 빵 굽는 시간
172 생각 없는 여자
179 승리의 맥주

CHAPTER 3

내일은 오지 않을지도 몰라

186 여행에서 배운 것들

191 쓰기 완벽한 장소

201 생협에서 삽니다

211 나와 다른 사람

216 함피의 기차역에서

226 +여행이 싫어졌습니다

230 그럴 때 엄마의 인생을 떠올린다

240 결혼의 조건

250 고양이와 개에 관한 진실

257 품위 있게 사는 법

261 내일은 오지 않을지도 몰라

CHAPTER 4

이처럼 괜찮은 세상에서

270 슬리퍼를 신고 걷기

277 우리가 나누는 이야기

283 요가가 가르쳐준 것

289 엄마의 카스텔라

297 우리는 고라니를 칠 수 있는 사람들일까

302 최고의 하루

312 좋은 인상을 갖고 싶다

319 이처럼 괜찮은 세상에서

327 + 카페는 문을 닫았습니다만

에필로그 | 하찮은 것들에 대해서 332

개정판을 내며

느슨한 연결의 위안

나조차도 잊어버리고 있었지만, 처음 이 책에 실린 글들을 쓸 때 편집자가 내게 제시한 책의 방향은 '소비사회를 살아가는 평범한 사람의 일상'이었다. 그 당시 30대 후반에 접어든 나는 매일 골방에 앉아 그런 일상에 관한 글을 진지하게 썼다. 돈을 벌고 돈을 쓰고 돈 때문에 괴로워하고 돈 덕분에 즐거워하며 돈에 구애받지 않고 돈을 소중히 생각하며 살아가는 이야기들을. 그때의 내게는 돈이라는 것이, 돈 없이 살 수 없는 이 사회에서 살아가는 일이 가장 어렵고도 중요한 문제였던 것이다. 물론, 지금도 어렵고 중요하지만.

개정판을 내기 위해 오랜만에 이 책을 다시 읽다가, 대부분의 이야기들이 지금의 내게는 딱히 중요하지 않은 것이 되어버렸다는 사실에 깜짝 놀랐다. 지금은 그다지 생각조차 하지 않는 문제들에 대해서 몇 년 전의 나는 하늘이 무너지기라도 할 것처럼, 흘러넘치려는 강물을 맨손으로 막으려는 사람처럼 이리 뛰고 저리 뛰며 고군분투했구나. 지금의 내게는 크게 이상할 것 없는 일들에 대해서도 나는 벌벌 떨며 걱정하고 두려워했구나.

그렇다고 해서 이 책에 쓴 이야기들이 중요하지 않은 이야기들이라는 뜻은 아니다. 어쨌든 나는 한 시기를 넘기 위해 이 이야기들을 써야만 했다. 그때의 나는 내 안에 제멋대로 뒤엉킨 채 쌓여 있던 모호한 것들을 끄집어내어 먼지를 털고 햇볕에 바짝 말린 뒤 가지런히 정리해야만 했다. 그것들을 좀 더 확실하고 객관적인 실체로 바꾸어야만 했다. 사람에게는 누구나 그럴 수 있는 시간이 필요하다. 한 시기를 정리할 시간이. 이 이야기들을 쓰고 난 후 나는 비로소 그 시기를 통과할 수 있었다. 여전히 이 소비의 사회를 고군분투하며 살아가고 있지만, 이제는 그렇게까지 혼란스럽지는 않다.

초판의 서문 첫 줄에 나는 뻔뻔하게도 나답다는 말을 별로 좋아하지 않는다고 썼다. 이 책의 제목이 좋은 제목인지 나쁜 제목인지 모르겠다고도 썼다. 아주 오랜 시간이 지난 후에야 알게 될 것 같다고도 썼다. 이 말에 많은 독자들이 당황하기도, 아리송해하기도, 다행스러워하기도, 통쾌해하기도, 실망하기도 했다는 것을 안다.

이제 3년이 지났는데 제목에 대한 나의 생각은 별로 달라지지 않았다. 나답다는 말이 무엇을 뜻하는지 아직도 잘 모르겠다. 지금의 나, 있는 그대로의 나로는 부족하다는 뜻일까? 사람은 누구나 어딘가에 있는 나다운 나, 진짜 나를 찾아내야만 하는 것일까? 왜 나다운 나,

진짜 나는 우리에게서 그렇게 멀리 있는 것처럼 느껴질까?

가끔은 내가 마음에 들고 가끔은 내가 싫다. 가끔은 이런 나로는 안 될 것 같은 느낌이 들기도 하고 가끔은 이 정도면 나쁘지 않다는 생각도 든다. 어떤 선택을 내려야 할지, 어떤 길로 가야 할지, 어떤 사람이 되어야 할지 언제나 잘 모르겠다. 때로는 내가 가면이나 어떤 가죽을 쓰고 있는 것처럼 느껴질 때도 있다. 내가 말하고 행동하는 것을 나 자신이 지켜보고 있을 때의 그 불편함이란. 그래서 사람들은 온전히, 나다운 상태를 원하는지도 모른다. 스스로에 대해 더 이상 불편함을 느끼지 않는 상태. 내가 나를 좋아할 수 있는 상태. 나에게서 나 자신이 소외되지 않는 상태. 내가 나인 것이 자연스러운 상태.

소비사회를 살아가는 일에 대해 '음, 어쩔 수 없지' 하고 받아들이게 된 것처럼, 이제 나는 그런 것들에 대해서도 딱히 진지하게 생각하지 않게 되었다. 40대에게 나답다는 말은 좀 낯간지러운 것이다. 이 모든 것이 나라는 것을 받아들인다. 때로는 독립적이지만 때로는 의존적인 나를, 어수선하면서도 해야 할 일을 하는 나를, 못됐지만 착한 나를 받아들인다. 온전히 나답다는 건 이렇게 받아들이는 마음가짐을 뜻하는지도 모르겠다는 생각이 든다. 어떤 나라도 받아들이는 것, 그렇게 복잡한 존재인 나를 인정하는 것, 완벽해지려 애쓰지 않는 것, 자연스럽게 살아가는 것. 그런 것이 바로 '온전히 나답게' 살아가는 삶일 것이다.

그럼에도 나는 그런 삶의 태도를 주장하거나 전파하기 위해 이 책을 쓰지는 않았다. 말도 안 되는 일이다. 나는 그럴 수 있는 사람이 아니다. 나는 여전히 갈팡질

팡하고 후회하고 스스로를 책망하며 살아간다. 이런 사람이 어떻게 남을 가르친단 말인가.

다만 이 책을 쓸 때의 나는 그런 생각을 했다. 우리의 삶은, 우리 삶의 전체적인 모습과 방향은 매일매일의 작고 사소한 것들에 의해서 좌우되는 것이 아닐까. 오직 작고 사소한 것들만이 우리 삶의 진실을 담고 있는 것이 아닐까. 오직 그것들을 통해 삶은 변화할 수 있는 것이 아닐까.

사람은 언제나 말이 아니라 행동을 통해서, 사고가 아니라 살아가는 모습을 통해서 자기 삶의 진실을 드러낸다고 믿는다. 그래서 나는 그런 작고 사소한 것들에 대해서 잔뜩 썼다. 내가 쓰고 싶은 것들과 내가 쓸 수 있는 유일한 것들에 대해 썼다. 진심을 가득 담아 썼다.

한 개인의 이야기가 솔직하고 진실되기만 하다면, 그 이야기는 한 개인의 이야기가 아니라 우리 모두의 이야기가 될 수 있다고 믿는다. 인간은 다 다르지만 또 크게 다르지는 않으니까. 인간사는 홀로 견뎌내기에는 꽤 버거운 것이라서, 종종 타인의 위로와 응원이 필요하니까. 그리고 그 응원은 치어리딩 같은 것이 아니라 솔직하고 진실한 이야기들에서 비롯된다. 이 책이 나온 후 독자에게서 들은 가장 인상적인 이야기도 이런 것이었다.

"저도 어린 시절에 추운 집에서 살았어요. 그런데 저는 누구에게도 그 이야기를 하지 못했어요."

그분이 내게 들려준 이야기는 그것뿐이었다. 하지만 그것으로도 충분했다. 그분은 나의 추운 집 이야기에 위로와 응원을 받았고, 나는 그분의 고백으로 위로와 응원을 받았다. 우리는 이렇게 추운 집의 연대를 만든다.

실제로 추운 집에 살고 있거나 산 적이 있느냐 하는 문제는 중요치 않다. 그것은 우리 안의 가난, 나쁘고 무서운 가난이 아닌 상징적인 가난에 관한 문제다. 타인의 가난에 공감할 수 있는 우리 마음속의 따뜻한 가난에 관한 문제다. 이런 가난의 연대를 통해, 추운 집의 연대를 통해 앞으로 어떤 일이 일어나더라도, 어떤 상황에 처하더라도, 얼마나 가난해지거나, 얼마나 아프거나, 얼마나 힘들어지더라도 끝내 이 삶을 버텨낼 힘을 얻을 수 있을 것만 같다. 이 형태 없이 느슨하고도 단단한 연대를 통해서 말이다.

프롤로그

나답게 산다는 것

이런 제목의 책을 쓴 주제에 미안한 얘기지만, 나는 '나답다'거나 '자신답다'는 말을 그다지 좋아하지 않는다. 솔직히 책이나 영화 같은 걸 보다가 '자신' '자신' 자신'이라는 말이 너무 많이 나오면 질식할 것 같은 기분이 들 정도다.

어쩌면 우리는 '나다운 것', '자신다운 것', '내가 원하는 것', '내가 꿈꾸는 것', '자신의 속도대로', '자신의 방향대로' 같은 말들에 너무 매달리기에, 오히려 살아가는 일이 더 힘들어지는 건 아닐까. 행복해지기 위해 발버둥치다 오히려 불행해지는 사람들처럼. 먹고살기도 힘든 마당에 매 순간 자신이 원하는 것을 찾아내고 가슴이 두근거리는지 아닌지 맥박을 체크하며 이 방향이 맞는지 아닌지, 이 속도가 적당한지 아닌지 확인하느라 우리는 번아웃되는 것, 다시 말해 진이 빠지는 건 아닐까.

그럼에도 이 책에는 '온전히 나답게'라는 제목이 달렸다. 좋은 제목인 것 같기도 하고 나쁜 제목인 것 같기도 하다. 어느 쪽인지는 아주 오랜 후에야 알 수 있을 것 같다.

내년이면 내 나이도 마흔, 어쩐지 받고 싶지 않은 상을 받게 되었다는 통보를 들은 기분이다. 딱히 슬프지도 딱히 서럽지도 딱히 기쁘지도 않다. 그냥 살다 보니 이렇게 된 것이다.

그러나 나도 이제는 빼도 박도 못하는 어른이다. 마흔이나 먹은 사람이 "난 아직 어른이 되려면 멀었어."라고 말한다면 그거야말로 꼴불견이라고 생각한다. 솔직히 마음속 깊은 곳에서는 '이런 걸 어떻게 어른이라고 할 수 있다는 말인가'라는 두려움이 치밀어 오르지만 어쩔 수 없다. 나잇값을 해야 하니까. 차에 대해서는 아무것도 모르는 채로 열쇠를 꽂아 시동을 걸고 엑셀을 밟는 것이다. 핸들을 돌려 좌회전과 우회전을 선택하는 것이다. 그런 게 인생인 것이다.

가끔 나도 핫플레이스라는 데를 간다. 이런 데 뭐 볼 게 있다고 몰려드나, 싶은 동네의 찾기도 힘든 작은 가게에 들어가 보면 비슷한 얼굴, 비슷한 옷차림, 비슷한 표정에 비슷한 포즈를 한, 나보다 젊은 여자들이 스마트폰을 들어 사진을 찍느라 바쁘다. 그들은 모두 그 자리에 있는 것이 기쁘고도 안심이 되는 것 같아 보인다. 그런 표정을 감추려고 노력하는 것도 보인다. 한두 명이 찍었다고 해도 믿을 비슷한 사진들 수백 장이 그날의 인스타그램에 급하게 피드된다.

나는 그들에게서 필사적인 기분을 느낀다. 어떻게 해서든 자신다운 것과 나다운 것을 찾고 싶어 하는 의지를 느낀다. 세상에 발붙일 자리를 찾아야만 한다는, 내 영역을 만들어야 한다는 불안감도 느낀다. 그들을 보면

슬퍼진다. 화를 내야 할 상황에서 화를 내지 못하고 화장실 한구석이나 책상 밑 같은 데 웅크린 채로 눈물을 삼키고 있는 것 같아 보여서다.

나답게, 자신답게 산다는 것은 "오늘부터 나답게 살겠어!"하고 다짐한다고 되는 일은 아니다. 세상에는 얽히고 설킨 일이 너무나 많고, 나홀로 독야청청한다는 것은 불가능하기에 우리는 자주 줄을 서야 하고, 비굴해져야 하고, 비겁해져야 하고, 구속되어야 하고, 복종해야 한다. 솔직히 말해서 우리의 인생이지만 우리가 통제할 수 있는 부분은 별로 없다. 그래서 반대로 우리는 나답게, 자신답게 살기를 그토록 바라는 것이리라.

"있잖아. 인생이란 이렇게 하찮은 일이 쌓여가는 것일까?"

일본의 그림책 작가 사노 요코의 산문집 『사는 게 뭐라고』에 나오는 구절이다. 이 신랄하고 씩씩한 할머니의 말대로 인생이란 하찮은 일이 쌓여가는 것인지도 모른다. 어제는 저명한 문학상을 수여하고(문학상 같은 건 탈 리가 없을 테니까 장한 어머니상이나 용감한 시민상이라도), 오늘은 브래드 피트와 칵테일을 마시며 시시덕거리고, 내일은 전용기를 타고 날아가 유엔 총회에 참석하는 그런 일 같은 건 일어나지 않는다. 적어도 내게는.

20대에는 그 하찮은 일, 다시 말해 '생활'이란 게 딱히 중요하지 않았다. 나는 언제나 그 너머의 것을 바라보고 있었다. 꿈, 이상, 미래 같은 것 말이다. 그래서 나의 '생활'이라는 것은 언제나 약속시간이 다 되어 눈을 떠서 미친 듯이 머리를 감고 화장을 하고 이 옷 저 옷을 다 꺼내 갈아입은 뒤 문을 쾅 닫아버리면 그만인, 스무 살부터의 나의 무수한 방들 같았다.

'생활'의 중요성을 자각하게 된 건 20대 중반을 지나면서부터였다. 건강하게 살지 않으면 건강한 사고도, 건강하지 않은 사고도 할 수 없었다. 토대를 탄탄하게 쌓아놓지 않으면 나의 비관에 나 자신이 무너져버릴 수도 있었다. 그때부터 나는 알 수 없는 무언가를 찾아 끝없이 헤매는 것이 아니라 여기와 저기 사이를 왕복하는 산책을 하게 되었고, 운동을 하게 되었고, 요리를 하게 되었고, 마음에 드는 이불보를 찾아다니게 되었다. 생활의 토대를 단단히 구축하기 위해 노력했다. 그제야 마음속 깊이 안심이 되었다. 그제야 덜 휘청거리게 되었다.

물론 그 과정에서 잃은 것도 있을 것이다. 원대한 포부나 꿈꾸던 자유로운 인생 같은 것들. 그렇다고 해도 어쩔 수 없는 일이다. 모든 걸 다 가질 수 없으니까. 인생의 어느 순간에는 자신이 살아가야 할, 자신에게 가장 잘 맞는 인생을 선택해야 한다. 선택하지 않은 부분에 대해서는 책임을 지며 살아야 한다.

하찮은 일들이 쌓이고 쌓여서 인생이 된다는 것. 하찮아 보여도 그게 인생이라는 것. 그 하찮음을 어떻게 다루느냐에 따라 인생이 즐거워질 수도 비참해질 수도 있다는 것. 그런 것들을 나는 살아가면서 배웠다. 그래서 그런 일들에 대해 쓰고 싶었다. 그런 일들에 대해 쓴 것들을 모으니 온전하게, 나답게 살아가기 위해 노력하는 한 사람의 인생이 보인다고 했다. 그래서 이런 제목의 책이 되었다.

그런데 그런 일들에 대해 쓰는 것은 절대로 쉽지 않았다. 믿으실지 모르겠지만 이렇게 쉽게 쓴 것 같은 글을 쓰기 위해 지금껏 가장 힘든 시간을 보냈다. 이렇게 사적인 이야기를 책으로 펴내어도 될까. '이딴 건 네 일기장에나 쓰세요!'라고들 하지 않을까.

하지만 때로 이런 글 때문에 용기를 낼 수 있었다.

> 내면적인 것은 여전히, 그리고 항상 사회적이다. 왜냐하면 하나의 순수한 자아에 타인들, 법, 역사가 존재하지 않는다는 것은 상상할 수 없기 때문이다.

자전 소설을 쓰는 프랑스 작가 아니 에르노의 『단순한 열정』에 나오는 글귀다. 이런 글들에 용기를 얻어 가며 여기까지 왔다. 한 번으로는 부족했다. 나는 아예 이 말을 포스트잇 위에 옮겨 적은 뒤 벽에 붙여둬야만 했다.

가볍게, 최대한 가볍게 쓰려고 노력했다. 어깨에 힘을 빼기 위해 최선을 다했다. 천천히 쓸 때도 있었고 빨리 쓸 때도 있었다. 어찌 됐든 한 단계를 넘어서려고 노력했다.

무언가를 배우려면 무언가를 해야 한다. 그것 말고는 방법이 없다. 에세이가 무엇인지 알기 위해서 나는 에세이를 썼다는 생각이 든다. 쉽지 않았다. 에세이는 이토록 시시콜콜한 일들을 쓰는 것이로구나, 그것을 진심을 가득 담아 쓰는 것이로구나, 하는 것을 배웠다.

책을 몇 권 쓰지는 않았지만, 책이란 저자와 편집자가 함께 쓰는 것이라고 생각한다. 차분하고 조용하게 위로하고 응원하고 또 길을 알려주신 나의 편집자 이은지 님, 윤선주 님의 손을 꼭 붙잡은 덕에 끝까지 걸을 수 있었다. 내가 어떤 책을 쓰건 매번 자랑스러워하는 나의 엄마에게도 감사한다. 평생 물리적, 심리적 울타리가 되어준 나의 아빠에게도 감사한다. 내가 지금껏 바라왔던 모든 사랑과 지지를 주는 남편 그리고 아이들에게도 무척 감사한다.

CHAPTER 1

추운 집에 사는 여자

이렇게 춥고 불편한 집을 떠나지 않은 이유 역시
이 집을 사랑했기 때문인지도 모른다.
절대로 끝날 것 같지 않던 겨울이 지나고
거짓말처럼 봄이 찾아왔을 때
눈물겹게 행복해지게 해줘서 이 집을 사랑했다.
잘 살아보려고 애쓰게 해줘서 이 집을 사랑했다.

추운 집에 사는 여자

내 블로그의 제목은 '추운 집에 사는 여자'다. (지금은 '낡은 집에 사는 여자'로 바뀌었습니다.) 말 그대로 나는 여자고 우리 집은 춥다. 말도 못하게 춥다. 21세기의 대한민국에 이렇게 추운 집이 있다는 것이 믿어지지 않을 정도로 춥다. 가끔 사람들이 1980년대나 1990년대에 자신이 살았던 말도 못하게 추운 집 이야기를 하는데, 그럴 때 우리는 이야기가 잘 통한다. 그는 과거를 이야기하고 나는 현재를 이야기하는데도 그렇다. 가끔 나 혼자 1980년대나 1990년대에 살고 있는 게 아닐까 하는 생각이 들 정도다.

그래도 여름엔 시원하다. 말도 못하게 시원하다. 원래 집에 귀신이 있으면 춥다던데, 우리 집에 귀신이 사는 게 아닐까 의심을 해본 적이 있을 정도로 시원하다. 그래서 여름 즈음에는 블로그의 제목을 '시원한 집에 사는 여자'로 바꿔서 단다. 그런데 어떤 블로그 이웃이 그 이름은 어울리지 않는다고 지적했다. '추운 집에 사는 여자' 쪽이 내게는 훨씬 잘 어울린다는 것이다.

왜 그럴까? '추운 집'이라는 말에 담긴 애처로움과 궁상스러움 때문일 것이다. 시원한 집이라고 하면 어쩐지 부유하고 어쩐지 다 가진 여자 같다. 매사에 만족할 줄 아는 긍정적인 여자 같기도 하다. 하지만 내 이웃들은 나를 잘 안다. 나는 궁상스럽고 불평불만이 많고 비관적인 여자다. 돈도 없고 가진 것도 없다. 그런 나에게는 역시 시원한 집보다는 추운 집이 더 잘 어울리는 것이다. 인정한다.

집이 추운 이유는 오래되었기 때문이다. 우리 집은 지은 지 30년도 넘은 2층짜리 단독주택이다. 벽돌을 쌓아 지었다. 단열 시스템? 그런 건 없다. 그냥 벽이다. 시멘트를 바른 벽. 등기부등본상으로 보면 이 집의 첫 주인은 이 집에서 20년도 넘게 살았는데, 도대체 어떻게 살았나 모르겠다. 아마 겨울에는 이불을 덮고 바닥에 누워 숨만 쉬었을 것 같다. 이 집에 어울리는 생활은 그런 생활이다.

처음 이사를 오자마자 11월 초에 때 아닌 한파가 몰아쳤다. 집 안에도 칼바람이 불었다. 문이 열린 게 아닐까 의심이 들 정도였다. 아파트 살던 때처럼 반팔에 반바지 차림으로 홑이불 하나를 덮고 자는데, 노숙하는 기분이었다. 밤새도록 욕을 하면서 잤다(나는 이상하게 추우면 욕을 한다). 이불을 덮고 누우면 얼굴 위로 북쪽의 바람이 지나갔다. 뺨이 얼었다. 그 이후로 겨울이 올 때마다 어김없이 안면홍조증이 생긴다.

낮에 집에서 일을 좀 해보려고 키보드에 손을 얹으면 1시간도 되지 않아 손이 곱아 타이핑도 할 수 없다. 내복을 껴입고 양말을 두 개나 신어도 하체부터 꽁꽁 얼어서 온몸이 마비된 것 같다. 화장실은 아예 시베리아다. 첫해에는 집에서 샤워도 못하고 물수건으로 몸만 대강 닦으며 살았다. 그런데도 난방비가 40만 원 가까이 나왔다. 아이들은 이사 온 첫 겨울, 심한 감기로 구급차에 실려 가기도 했다. 대체 어떻게 이런 걸 집이라 부를 수 있단 말인가.

추위를 막기 위해 별의별 짓을 다했다. 벽지처럼 붙이는 단열재라는 것을 주문해 붙여도 봤다. 벽 전체에서 느껴지던 성능 좋은 냉장고 같은 냉기는 덜해졌지만 그래도 추웠다. 사람이 살기엔 너무 추웠다. 아예 텐트를 치고 살아보기도 했다. 그래도 추웠다. 멀쩡한 집에서 텐트를 치고 살다니, 눈물이 날 정도였다. 창문을 비닐로 다 틀어막았다. 그래도 추웠다. 도서관에 앉아 진지하게 난방과 결로 현상에 관한 전문 서적을 읽어보기도 했다. 보일러를 펄펄 때고 히터도 돌렸다. 통기성 제로의 극세사 이불도 샀고 산속에 사는 사람들처럼 겨울 대비 용품들을 잔뜩 구입했다.

내복은 기본, 수면 조끼, 수면 양말도 샀다. 끓는 물을 넣어 끌어안고 자는 핫팩도 샀다. 이 집에 살다가 파산할 것 같았다. 차라리 이사를 가는 게 낫지 않겠느냐고? 그럴 수 없었다. 이 집은 너무 쌌다. 쌀 수밖에 없었다. 도대체 21세기에 누가 이런 집에서 선뜻 살려고 들겠는가. 게다가 우리에게는 이상한 오기와 승부욕이 있었다. 어디 니가 이기나 내가 이기나 한번 해보자. 우리는 말 그대로 추위와 싸웠다. 그리고 이 추운 집과 싸웠다.

추운 집에 산 지 올해로 7년째다. 지금도 이 집은 추운 집이다. 우리는 추위에 졌다. 질 수밖에 없다. 인간이 자연을 이긴다는 건 불가능하다. 아예 다 부수고 다시 짓지 않는 한 이 집이 따뜻한 집이 될 일은 없을 것이다.

싸움에 진 우리는 겸허한 마음으로 추위에 적응하기로 했다. 겨울은 당연히 춥다는 사실을 받아들인다. 그렇다고 해서 추위가 사라진다거나, 추위를 덜 느끼는 건 아니다. 정말로 내가 간절히 원하고 바라면 온 우주가 내 소원을 들어줄까? 그럴 리가. 우주가 나를 위해 존재하는 것도 아닐 텐데. 아무리 원하고 바라고 빌어도 우리 집은 따뜻해지지 않는다. 그러니 받아들이고 자연의 법칙에 따르는 수밖에.

겨울에는 집에서도 내복을 입고 스웨터를 입고 점퍼까지 입는다. 손에는 장갑을 낀다. 모자를 쓸 때도 있다. 그래도 추우면 밖에 나가서 햇볕 아래서 뛴다. 30분쯤 뛰면 온몸이 땀으로 흠뻑 젖는다. 바로 그 타이밍에 샤워를 한다. 안 그러면 샤워 같은 건 할 수 없다. 아이들도 햇살이 따뜻한 한낮에 반드시 밖에서 놀도록 한다. 사실 집보다 밖이 더 따뜻하다.

잘 때는 오리털 이불 위에 담요를 겹쳐서 덮고, 창문에 떼었다 붙였다 할 수 있는 방풍 비닐을 붙이고 이중 커튼도 달았다. 바람이 많이 새어 들어오는 벽 쪽으로 가구를 죄다 붙여 일종의 방풍막을 쌓았다. 올겨울에는 가구와 벽 사이에 두꺼운 스티로폼도 대어볼 생각이다. 집 안 전체가 훈훈해지는 데는 난로만 한 게 없던데, 아이들이 많이 커서 안전 걱정이 조금 덜해졌으니 잠들기 전에는 난로도 한번 때봐야겠다.

이상하게도 이사 온 첫해, 심한 감기를 앓았던 아이

들은 그 이후로 감기에 걸린 일이 손에 꼽힐 정도다. 심지어 최근 3년간은 감기로 병원에 간 적도, 약을 먹은 적도 없다. 추위가 아이들을 튼튼하게 만들어 주었는지도 모른다. 이 아이들은 난방이 잘된 아파트나 빌딩에 들어가면 덥고 숨이 막힌다며 난리법석을 떤다. 추운 집에서는 늘 신선한 공기(=외풍)가 들어오기 때문에 실내에 있어도 답답한 느낌이 들지 않는 것이다.

이제 다시는 아파트 같은 데선 못 살 것 같다. 결국 우리는 추위에 적응한 것이다. 그린란드의 원주민 이누이트처럼, 툰드라의 유목민 네네츠처럼. 이렇게 쓰고 나니 왠지 눈물이 난다.

미국의 영화감독 노라 에프런은 『내 인생은 로맨틱 코미디』라는 에세이집을 썼다. 한국어판 제목이 좀 거슬리긴 하지만, 엄청나게 재미있고 유익한 책이다. 노라 에프런은 아파트에 대한 집착에 가까운 사랑을 이런 식으로 고백했다.

촌스러운 웨스트사이드에 아파트가 있었기에 여기 사는 것만으로도 난 내가 고결하고 총명하다고 믿었다. 월세를 내면서 살았기에 겸손해질 수 있었다. 아파트가 허름했기 때문에 상대적으로 내가 세련됐다고 믿었다. 쉽게 말해, 이 아파트는 심오한 자기애를 단적으로 표현한 나의 집이었다.

돌이켜 보면 우리가 이렇게 춥고 불편한 집을 떠나지 않은 이유 역시 이 집을 사랑했기 때문인지도 모른다. 집 앞 골목을 뛰어다니는 아이들의 웃음소리를 들을 수 있어서, 마당에서 물놀이를 하며 흠뻑 젖은 아이들을 볼 수 있어서 우리는 이 집을 사랑했다. 여름밤이면 우리도 바람을 넣은 작은 풀장에 몸을 담그고 맥주를 마시면서 하늘을 볼 수 있어서 이 집을 사랑했다. 절대로 끝날 것 같지 않던 겨울이 지나고 거짓말처럼 봄이 찾아왔을 때 눈물겹게 행복해지게 해줘서 이 집을 사랑했다. 잘 살아보려고 애쓰게 해줘서 이 집을 사랑했다. 쉬운 선택을 하지 않게 해줘서 이 집을 사랑했다.

행복이란 게 무엇인지 알게 해줘서 이 집을 사랑했다. 우리 자신이 어떤 사람인지 알게 해줘서 이 집을 사랑했다.

결국 노라 에프런의 경우처럼 이 추운 집이 우리를 좀 더 나은 사람으로 만들어주는 것 같았기에 우리는 이 집을 사랑했던 것이다. 그것이 유치한 착각이라고 해도 어쩔 수 없다.

+ 그 후의 이야기

낡은 집에 사는 여자

이제 나는 문제의 추운 집에 살지 않는다. 추운 집에서 낡은 집으로 이사를 한 지 2년째다. 나는 추운 집에 사는 여자가 아니라 낡은 집에 사는 여자다.

남들은 그렇게 고생하며 정붙이고 오래 산 집이니 이사할 때 감회가 남달랐겠다, 눈물이 나지는 않더냐, 마음이 착잡하겠구나, 하고 말했지만 정작 나는 아무렇지도 않았다. 놀랍도록 아무렇지도 않았다. 떠나고 난 뒤 그 집 앞을 지나쳐도 별다른 감정이 들지 않는다. 나의 냉혈함에 내가 놀란다.

사실 그 집에 정이 떨어진 계기가 있다. 이사 가기 1년 전쯤의 여름이었을 것이다. 비가 많이 온 여름이었다. 어느 날부터 자꾸만 안방 천장 귀퉁이의 벽지가 젖기 시작했다. 벽을 통해 어디선가 빗물이 새어 들어와 천장으로 흘러들어오는 것이었다. 장마철 내내 비가 내리자 빗물은 천장 한가운데까지 흘러들었다. 벽지 위로 길게 빗물 길이 생겼고 비가 많이 오는 날이면 그 길이 부풀어 올랐다. 우리는 이걸 어쩌나 하고 생각했다.

하루는 낮에 혼자 집에 있는데 천장 한가운데의 벽지가 서서히 늘어나는 느낌이 들었다. 나는 문 앞에 팔짱을 끼고 서서 그 광경을 쳐다보고 있었다. 벽지가 늘어나는 것은 내 느낌이 아니라 실제였다. 마치 거꾸로 뾰루지가 나는 것처럼 벽지 한가운데가 빠른 속도로 늘어나고 있었던 것이다. 나는 뭘 어떻게 할 생각조차 못하고 입을 떡 벌린 채 그냥 쳐다만 보고 있었다.

그리고 벽지가 아래로 30센티미터쯤 늘어났을 때, 영화 〈에일리언〉에서 웃고 있던 남자의 배가 터지며 에일리언이 튀어나오는 것처럼(느닷없이 왜 〈에일리언〉이 떠올랐는지 모르겠지만 아무튼 그 느낌이었다.) 벽지가 터지며 물이 와르르 쏟아져 내렸다. 나는 입을 벌린 채로 이런 생각을 했다. 할 만큼 했다. 이제 됐다. 지긋지긋하다. 이놈의 집구석.

8년 사귄 남자에게 미련 없이 정이 떨어지는 것처럼, 8년 산 그 집에 붙은 정도 깔끔하게 떨어졌다. 사랑에는 좋은 감정도 있지만 좋지 않은 감정도 뒤섞여 있게 마련이다. 집착, 미련, 오기. 그전까지만 해도 이 집을 어떻게 떠날 수 있을까, 우리를 이렇게 힘들게 하고 우리를 이렇게 기쁘게 한 집을 어떻게 버리고 떠날 수 있을까, 하는 생각을 안 해본 것이 아니었다. 그러나 그런 마음은 물 폭탄 한 방에 완전히 해결되었다.

그만두어야 할 때, 포기해야 할 때는 언젠가는 온다. 억지로 될 일이 아니다. 어떤 일이건 때를 기다리는 것이 중요하다. 아직은 아니다 싶으면 몸을 낮추고 때를 기다린다. 때가 되면 모든 것이 자연스럽게 해결될 것이다. 천장 위에서 쏟아진 물 폭탄 한 방에.

다음 해 우리는 같은 동네의 고지대에 위치한 낡은 빌라로 이사를 했다. 나는 지금껏 수없이 이사를 해왔고 수없이 많은 집을 보아왔다. 아파트야 어디든 비슷하지만 주택이나 빌라는 다르다. '이런 집은 대한민국 건축사의 수치다!' 싶은 집도 분명히 있기 때문에 심혈을 기울여 골라야 한다. 그리고 집을 볼 때 나는 주로 그 집의 '기운'을 본다.

집 중에서도 밝은 기운이 느껴지는 집과 어두운 기운이 느껴지는 집이 있다. 빛의 문제만은 아니다. 낡고 어둡고 칙칙해도 어떻게든 해볼 수 있을 것 같은 집이 있고(추운 집!), 이 집은 아무래도 안 되겠다 싶은 집이 있다. 안 되겠다 싶은 집은 아무리 싸고 조건이 좋아도 피한다. 그것이 내 원칙이다.

집과 삶은 연결되어 있다. 아파트에 살 때의 나는 아파트에 사는 것처럼 살았다. 내 인생은 지극히 개인적이었고 두꺼운 철문만 닫으면 비밀은 새어나갈 위험이 없었다. 동시에 갑갑하기 짝이 없었다. 내 인생이 나도 모르는 누군가의 손에서 쥐락펴락되고 있는 느낌이었다. 거대한 흐름에 올라타 이 길이 맞는지도 모른 채 정신없이 떠밀려가고 있는 것만 같았다. 아, 이것은 아파트라는 주거 형태를 탓하는 것은 아니다. 그저 그때의 내 인생이 그런 식으로 흘러갔고, 그럴 때 우연히 아파트에 살고 있었다는 이야기다.

추운 집으로 이사를 한 후 내 삶의 모습은 적어도 아파트에 살던 때와는 완전히 달라졌다. 추운 집은 두세 사람이 나란히 걸으면 꽉 찰 정도로 좁은 골목이 세 방향에서 만나는 지점에 있었다. 그야말로 도보 교통의 요지. 우리 집은 골목을 향해 열려 있었고 오며 가며 들르기 좋은 위치였다. 담이 너무 낮아 집안이 훤히 들여다보였고, 담을 사이에 두고 이웃과 이야기를 나눌 수 있을 정도였다. 덕분에 우리 아이들이 마당에서 놀고 있는 것을 보고 불쑥 들어와 같이 놀자며 친구가 된 아이들도 있고, 그렇게 친구가 된 그 아이들의 부모들도 있었다. 그 시절 우리 집에는 많은 사람들이 드나들었다. 그때가 내 인생에서 가장 사교적이던 때였다.

8년 만에 그 집을 떠나 나는 언덕 위 막다른 골목에

있는 낡은 빌라로 이사를 했다. 앞으로는 세상과 통해 있지만 옆과 뒤는 막힌 곳이다. 한쪽 옆으로는 산이 붙어 있다. 이곳으로 이사를 오면서 나는 사교적인 삶을 정리하고 조용히 집에 틀어박혔다. 창문 밖 산을 바라보면서 홀로 글을 쓰고 일을 하며 산다. 이 집이 마음에 든다. 앞으로는 세상이, 뒤로는 산이 있다는 점이 특히 마음에 든다. 늘 산을 볼 수 있어서, 언제나 새소리가 들려서 좋다. 그러나 무엇보다 마음에 드는 것은 춥지 않다는 것이다. 겨울에도 손이 시리기는커녕, 얇은 옷 한 벌로도 버틸 수 있다. 만세!

얼마 전 우리는 1~2년 후로 재개발이 예정되어 아무도 들어오지 않으려 하는 집 근처 낡고 작은 아파트 한 채를 싼값에 빌렸다. 이 공간은 작업실과 사무실로 쓰게 될 것이다. 새로운 집이 하나 더 생겼으니 내 삶도 아마 조금 다른 식으로 변화해갈 것이다. 그런 것을 기대하는 일이 즐겁다.

따지고 보면 집이 삶의 모양을 바꾼다는 것도 결과

론적인 이야기에 지나지 않는다. 과거는 어떤 식으로 바라보느냐에 따라 달라지기 마련이니까. 아파트에 계속 살아서 더 잘 살았을지 모른다. 추운 집을 떠나지 않았더라면 엄청난 행운을 맞이했을지도 모른다. 내 마음 내키는 대로 해석한 것일 뿐이다.

그러니 잘못해서 끔찍한 집을 골라 그 집을 떠날 수 없다 해도 악전고투를 계속하다 보면 그럭저럭 살 만한 집이 될 수도 있다. 우리의 추운 집이 바로 그런 집이었다. 틀린 답도 정답인 척 살아가는 내 맘대로 인생, 안 되면 도망치면 된다. 8년 만에 도망친 우리처럼. 도망치는 건 욕먹을 일이 아니다. 왜 삼십육계 줄행랑이라는 말이 있겠는가!

도망치고 싶을 땐 달리기

러시아어 통역사이자 작가인 요네하라 마리 여사는 통역을 하다 보면 평생 들여다볼 일도 없었을 분야의 전문 지식들까지 공부해야 한다고, 그래서 아는 게 많아진다고 그랬다. 아는 게 많아지는지는 모르겠지만, 프리랜서로 여기저기에 글을 쓰는 나도 먹고살려니 평생 들여다볼 일이 없을 자료들을 읽어야 한다.

이번엔 기사 때문에 스트레스와 화에 관한 책을 읽었는데, 그 책들이 의외로 흥미로워서 순간적으로 이 일 하기를 참 잘했다는 생각마저 들었다(하루 만에 그 생각은 없던 걸로 하기로). 특히 로버트 새폴스키라는 미국 아저씨가 쓴 『스트레스』라는 무척 두꺼운 책은 너무 재밌어서 소장하고 싶을 정도였다.

이 책에는 스트레스라는 건 위협적인 상황에 처했을 때 빛의 속도로 탈출하기 위해 몸이 준비하는 반응이라는 이야기가 나온다. 그래서 스트레스를 받으면 혈압이 솟구치고 팔다리가 부들부들 떨리고 호흡이 가빠지는 것이다.

문제는 골목길에서 불량배를 만났을 때를 제외한다면, 보통 우리는 도망칠 수 없는 상황에서 스트레스를 받게 된다는 점이다. 사무실에서 내게 원고를 집어던지는 상사 때문에 스트레스를 받았다고 창문을 열고 뛰어내릴 수는 없는 일 아닌가. 애들이 내게 똑같은 질문을 다섯 번 이상 반복한다고 해서 짐도 안 싸고 집을 탈출할 수도 없는 일이다.

그래서 스트레스는 해소되지 못한 채로 차곡차곡 쌓인다. 몸은 스트레스를 발산할 준비를 하고 있는데, 정신은 그걸 꾹 눌러버리는 거다. 이런 식으로 스트레스가 쌓이면 면역력이 약해지고, 얼굴에 여드름이 폭발하고, 당뇨병에 걸리고, 한밤중에 라면을 끓이기도 한다. 더불어 우울해지고 무기력해지며 아무것도 아닌 일에도 화를 내기도 한다.

한번 만나보고 싶을 정도로 매력적인 로버트 새폴스키 아저씨는 그래서 스트레스 해소의 가장 좋은 방법이 운동이라고 했다. 어차피 스트레스라는 것은 몸을 움직여 달아나라는 신호로 에너지를 폭발 전의 상태로 가동시키는 것이기에, 그 에너지를 폭발시켜야 스트레스가 날아간다는 것이다.

석 달째 아이들 방학이라 미쳐버리기 직전이다. 그 와중에 일도 해야 한다. 그 와중에 일이 밀리고 또 밀렸다. '봄맞이 대청소!' 같은 발랄하고 시답잖은 기사를 쓴답시고 컴퓨터 앞에 5시간을 붙어 앉아 있는데, 애들은 눈만 마주치면 개코원숭이처럼 싸워대고(누가 누구에게 '똥꼬!'라고 하면 싸울 이유가 된다) 그걸 또 일러대고 짜증을 부리고 떼를 쓰고 이상한 퀴즈를 내고 원고는 한 줄을 나가기가 어렵고 급기야 눈의 초점이 흐려지고 뇌가

부글부글 끓어오르는 느낌이 들면서 호흡이 가빠지고 식은땀이 나고 이러다 야수처럼 옷을 쥐어뜯고 고함을 지르면서 창문을 깨고 뛰쳐나가는 것이 아닐까 싶은 심정이다.

그걸 꾹꾹 누르면서(난 9년차 엄마니까) 매우 이성적으로 말했다.

"엄마 일 좀 하자. 정말 울고 싶다. 울고 싶어. 너희, 할아버지 집에 가 있으면 안 되겠니?"

그러자 딸이 내게 내려고 했던 퀴즈 책을 덮으면서 말했다.

"엄만 내가 옆에 있는 게 싫은 거구나."

"아니, 그럴 리가. 절대 아니야."(어떻게 알았지?)

다행히 아이들은 옆집으로 놀러 갔고, 곧 퇴근하고 돌아온 남편이 내 입에 버거킹 와퍼를 물려 짐승이 되려는 것을 간신히 막았다.

그날 밤 나는 눈이 오는 와중에 운동화를 신고 나가서 5킬로미터를 뛰었다. 더 이상 못 뛸 것 같을 때까지,

팔다리에 힘이 빠질 때까지 뛰자고 생각했다. 이 넘치는 에너지를 어떻게든 소진해야 스트레스가 풀릴 것 같았기 때문이다.

그러고 보니 요즘 원고를 쓰느라 몸을 거의 움직이지 않았던 것 같다. 마감 스트레스 때문에 수시로 입에 먹을 것을 쑤셔 넣었다. 바지마다 허릿단이 터질 지경이고, 거울을 보면 허리 속에 누가 튜브를 이식한 것 같은 형상이다. 살이 찌는 건 정말 짜증나는 일이다.

후들거리는 다리로 집에 돌아와 샤워를 했다. 그랬더니 좀 살 것 같았다. 역시 운동 부족이었다. '몸을 움직이지 않으면 마음이 병든다.' 나는 그 말을 철석같이 믿는다.

요즘 들어 감정이 메마른 사람이 된 것 같다는 남편에게도 그래서 운동을 권하고 싶다. 운동을 하면 사는 게 재밌어진다. 머릿속에 잔뜩 들어차 있던 걱정이나 고민거리들이 조금은 가벼워진다. 몸을 움직이면 내가 살아 있다는 단순한 사실을 가장 단순한 방식으로 느끼게 된다. 살아 있으니까 팔이 아프고 다리가 아프고 숨이 찬 것이 아니겠나.

난 사실 잘 수 있을 만큼 자고, 놀 수 있을 만큼 놀던 옛날보다 지금이 더 재밌다. 클럽에 가서 춤을 추고 남자들과 시시덕거리는 것보다 달리기를 하고 아이들과 실컷 뽀뽀를 할 수 있는 지금이 더 즐겁다. 물론 괴로울 때도 있지만 대체로 즐겁다.

아무튼 봄이 오고 있다. 운동화를 한 켤레 더 사야겠다.

크루아상 나눠 먹기

내가 좋아하는 책 『고등어를 금하노라』의 작가 임혜지는 남편과 크루아상 하나도 나눠 먹는다고 썼다. 독일에 거주하는 이들은 물 한 방울, 토마토 한 알 헛되게 쓰지 않고 절약하는데, 그 이유는 '다달이 기본적으로 드는 생활비가 높으면 높을수록 사람은 생존이 부담스럽고, 선택의 자유가 줄어들고, 물질의 고마움을 모를 것이라 믿기 때문'이라고 했다.

맞는 말씀이다. 게다가 가질수록 더 갖고 싶은 게 사람 마음이다. 한 달에 30만 원으로도 굶어죽지 않고 살 수 있었는데, 50만 원으로 살기 시작하면 다시 30만 원의 생활로 돌아가기가 쉽지 않다. 150만 원이나 200만 원, 300만 원으로 살게 되면 이제는 도대체 무얼 줄여야 할지도 알 수가 없다. 쇼핑은 쇼핑을 부르고, 그토록 반짝이던 새 물건은 금세 칙칙하게 색이 바래며, 사고 또 사도 만족의 순간은 오지 않는다.

절약은 쉽지 않다. 다이어트와 비슷한 정도로 어렵다. 절약을 하려고 정해진 금액에 맞춰 촘촘하게 예산을 짠다. 그 예산에서 10원만 오버가 되어도 사이렌이 켜진 기분이다. 만 원쯤 오버되면 대역죄인이 된 기분이 들기도 한다.

"그렇게 푼돈을 아껴봤자 푼돈밖에 안 된다."고 나와 함께 책을 쓴 후배가 말한 적이 있는데, 그 말대로 푼돈을 아껴봤자 푼돈이다. 티끌 모아 태산이라고? 크루아상 두 개 사 먹을 돈으로 하나를 사서 나머지 하나 값을 저금통에 넣을 정도의 의지력과 계획성이 있다면 그렇겠지. 그런데 아마 나는 크루아상을 하나만 사 먹고 나머지 돈으로 커피 한 잔을 더 사 마실 것이다.

아끼려고 하면 할수록 사고 싶은 것들이 자꾸 눈에 띈다. 싸구려 티셔츠를 사는 기쁨은 가히 오르가슴에 비할 만하다. 상점의 거울에 비친 내 모습은 언제나 '내가 이 정도로 괜찮은 여자였나' 하고 감탄이 나올 정도다. 유니클로는 언제나 감사한 존재다. 세상에 옷가게가 유니클로 하나밖에 없어서 거기서만 옷을 골랐으면 좋겠다. 어쩌면 쇼핑할 재미를 없앴던 그 옛날 사회주의자들도 나 같은 사람들이었는지 모른다. 선택의 자유가 너무 커지는 게 귀찮은 사람들.

여행지에서 반드시 해야 할 일도 쇼핑이 아니면 뭐겠는가. 인터넷으로 주문한 책이 도착해 포장을 뜯을 때면 흥분해서 손이 떨릴 정도다. 뿐만 아니라 나는 종종 물건이 아니라 그 물건을 사는 사람의 이미지를 사고 싶어서 산다. 그 물건을 사는 것으로 더 나은 사람, 멋진 사람, 근사한 사람이 될지도 모르니까. 속물근성이다.

그러니 쇼핑이라는 것은 어쩌면 자존감과 연결되어 있을지 모른다. 자존감이 낮은 사람일수록 쇼핑 중독에 걸릴 확률이 높을 거라고 생각한다. 가수 김동률은 자신의 책에 전람회의 멤버였던 서동욱의 옷장을 가득 채운 똑같은 셔츠 이야기를 쓴 적이 있다. 그는 똑같은 셔츠만 입을 수 있는 친구의 자신감과 자존감을 부러워했다. 자존감이 높으면 똑같은 셔츠만 입고 다녀도 상관없다. 남들이 단벌신사라고 놀리건 말건 나는 내가 좋아하는 셔츠를 매일 갈아입으니까. 아마 임혜지도 자존감이 아주 높은 사람일 것이다. 나는 별로 그렇지가 않은 것 같다.

이럴 바에야 죄책감이라도 느끼지 않았으면 좋겠다. 얼마나 대단한 걸 지른다고 이렇게 벌벌 떠는 건지 모르겠다. 나는 2박 3일 일정으로 떠난 홍콩 여행의 마지막 날, 갭 매장에서 세일하는 16만 원짜리 오리털 점퍼를 사놓고 카우룽 공원에 앉아 몇 시간을 우울해한 적도 있다. 돈을 많이 쓰고 나면 어김없이 우울해진다.

돌이켜 보면 어린 시절 아빠는 언제나 가장 싼 고기만 사주었다. 우리 집 미역국에서 고기를 건지기란 쉽지 않았다. 심지어 고기의 대부분이 지방이었다. 샤워 시간이 길어지면 어김없이 문을 두드렸고, 변기 물도 자주 내려서는 안 됐다. 과일은 언제나 익을 대로 익어서 물러터진 것만 먹었다. 그래서 지금도 나는 온전한 복숭아를 보면 '먹어도 되는 걸까?'라는 생각부터 하게 된다. 이게 다 아빠 때문이다.

나는 돈에 대해 많이 생각한다. 정말로 많이 생각한다. 왜냐하면 먹고사는 문제는 돈과 연결되어 있기 때문이다. 돈 따위는 중요치 않은 것이라고 말하는 사람들에게 화가 난다. 먹을 것을 사고 공과금을 내야 하고 아이들을 가르쳐야 하는데, 어떻게 돈이 중요하지 않단 말인가. 문제는 '돈이 전부다' 같은 사고방식이지, 모 아니면 도가 아닌 것이다.

'어떻게 하면 돈을 벌 수 있을까'라는 생각도 많이 하지만 대개는 이런 생각을 한다. 어떻게 하면 돈에 너무 얽매이지 않을 수 있을까? 어떻게 하면 아끼면서도 궁상맞아지지 않을 수가 있을까? 돈이 많지 않아도 즐겁게 살 수 있는 방법이 있다면 그건 뭘까?

돈에 대해서는 유연한 태도를 가지는 것이 중요하다. 매달 어느 정도의 생활비에 맞춰 생활한다. 굳이 쓰지 않아도 되는 곳에는 돈을 쓰지 않거나 절약하는 즐거움을 익힌다. 그렇다고 천 원짜리 한 장, 백 원짜리 하나에 벌벌 떨지 않으려고 노력한다. 차라리 그만큼 돈을 더 벌거나 다른 데서 절약하는 게 낫다.

자의가 아니라 어쩔 수 없는 사정 때문에 절약을 하지 않으면 안 될 상황에 처했을 때, 단돈 몇백 원에 괴로워하던 나를 구한 건 사치였다. 나는 그때 마지막 사치를 했다. 가족들과 함께 홍콩으로 날아가서 그야말로 실컷 썼다. 좋은 호텔방에서 자고 좋은 식당에 갔다. 매일같이 스타벅스에 들어가 커피를 마시고 케이크까지 먹었다. 그러고 나니 우스웠다. 이게 뭐라고. 이게 뭐라고 그렇게 안달복달을 했던 걸까.

그러니까 절약을 해야 한다면 우선 한부터 풀어야 한다. 써본 사람이 아낄 수 있다. 그것도 궁색하지 않게.

임혜지의 방식대로 크루아상을 나눠 먹는다고 대단한 액수를 모을 수는 없을 거다. 그래봤자 천 원 정도다. 그렇지만 그것이 상징하고 의미하는 바는 명확하다. 너무 많이 먹지 않는 것, 너무 많이 갖지 않는 것, 너무 많이 사지 않는 것, 그래도 괜찮다는 것.

아무튼 크루아상을 꼭 하나 다 먹을 필요는 없다는 생각은 썩 마음에 든다. 살도 덜 찔 거고 남은 돈으로 팽 오 쇼콜라를 사 먹을 수도 있을 테니까.

그나저나 파리의 동네 빵집에서 사 먹은 팽 오 쇼콜라는 정말로 최고였다. 지금껏 사기당하고 산 기분이 들 정도로 엄청난 맛이었다. 다시 먹어도 그런 기분일지 궁금하긴 하지만, 내가 지금껏 기다린 팽 오 쇼콜라가 있다면 이런 맛일 거라는 생각이 들었다. 너무 맛있어서 나눠 먹고 싶지도 않았다. 어쩌면 별 기대 없이 들어간 파리의 동네 빵집이었기 때문인지도 모른다.

역시 기대를 버리면 사는 게 즐거워지는 걸까.

가방을 잘 꾸리는 여자가 되고 싶다

가방을 잘 꾸리는 여자가 되고 싶다. 언제나 나는 가벼운 토트백 하나만 들고 여행을 떠나는 사람들을 부러워해 왔다. 나에게는 불가능한 일이다.

이번에는 기필코, 가볍게 떠나리라 다짐한다. 깃털처럼 가볍게. 그럼 가방에 뭘 넣어야 하지? 일단 지갑은 넣어야겠지. 해외 여행이라면 여권도 필수다. 가이드북도 넣어야지. 인도에 갈 때는 가이드북 『론리 플래닛 인도 편』 영어판을 가져갔는데, 너무 두꺼워서 배낭 속에 벽돌이라도 집어넣은 기분이었다. 찢어 버리고 싶었지만 국제 미아가 되지 않기 위해서는 그럴 수도 없었다.

노트와 필기도구도 챙겨야 한다. 카메라와 속옷도 챙겨야지. 속옷도 갈아입지 않고 어떻게 버틴단 말인가? 몇 벌이나 챙겨야 할까? 두 벌? 세 벌? 매일 저녁 빨아서 입는다고 해도 두 벌은 여벌로 가져가야 한다. 브래지어도 두 벌 더. 티셔츠는 몇 벌이나 가져가야 하지? 최소한 두 벌. 그런데 왠지 이 티셔츠도 여행지에서 입으면 근사할 것 같다. 그래, 티셔츠는 가볍고 부피도 작으니까. 네 벌 정도 넣자. 없어서 쩔쩔 매는 것보다는 많은 게 나으니까.

바지는 몇 벌? 이 통바지도 예쁘고, 이 카프리 팬츠는 여행지에서 입기 위해서 산 게 아닌가. 너무 더울지도 모르니까 반바지도 챙기자. 반바지는 가볍고 부피도 작으니까.

스커트는? 어딘가 근사한 곳에 갈 때는 스커트가 어울리지 않을까? 입고 벗기도 편하고 시원하잖아. 샌들 하나만 신으면 발이 아프니까 운동화도 넣자. 슬리퍼는 넣을까, 말까? 가서 사지 뭐. 아니야. 이전 여행 때 현지에서 슬리퍼를 사려고 했다가 저주에라도 걸린 듯 여행이 끝날 때까지 슬리퍼 가게를 단 한 군데도 발견하지 못했던 일을 잊었느냐. 그냥 가져가자.

수건도 넣어야 하고, 비상약도 넣어야 하고, 선크림도 넣어야 하고, 화장품도 넣어야 하고, 노트북? 없으면 후회한다. 넣어야지. 그리고 또……. 이 모든 게 다 들어가는 토트백은 세상에 없다.

그러고 보면 아주 작은 가방 하나 들고 여행하는 사람은 두 가지 부류이리라. 세상만사에 욕심이 없거나, 정말 부자이거나. 욕심이 없는 사람은 팬티를 매일 갈아입지 않아도 괜찮을 거고, 옷을 매일 바꿔 입지 않아도 괜찮을 거다. 화장을 안 해도, 일기를 안 써도, 사진을 안 찍어도 되는 사람이겠지. 나는 아니다.

부자인 사람은 뭐든 새로 사면 그만이다. 아니면 고급 호텔 룸에 비치된 어메니티를 이용할 테니까. 나도 그런 여자가 되고 싶다. 지갑과 여권과 휴대폰만 든 가방을 가지고 떠나는 여자. 내리자마자 택시를 타고 이 도시에서 가장 비싸고 가장 좋은 호텔로 가자고 한다.

호텔에 도착해서는 신용카드를 내밀고 가장 비싸고 가장 좋은 방을 요구한다. 방에 들어가서 샤워를 하고 미니바의 샴페인을 한 잔 마신 뒤에 호텔 아케이드에서 여행지에서 입기 좋은 옷 몇 벌을 산다. 책도 한두 권 산다. 그리고 집으로 돌아갈 때는 몽땅 런드리 백에 넣고 묶은 뒤에 '버려 주세요'라는 메모를 남긴다.

하지만 내게 여행은 그런 것이 아니었다. 나는 늘 가장 싼 항공권을 눈이 빠져라 검색하고, 떠나기 전날 밤까지 짐을 쌌다가 풀기를 반복하며, 결국 보따리상의 몰골로 떠났다가, 싸구려 숙소에 앉아 도대체 내가 이걸 왜 다 끌고 왔을까 의아해하다가, 매일 밤 세면대에서 속옷과 티셔츠를 빨아 여기저기 걸어 말리고, 다시 쓰레기 같은 옷과 신발과 장신구들을 잔뜩 사들이고, 입고 온 옷도 마음이 약해 버리지 못한 채 가방에 다시 쑤셔 넣고는 마침내 처음 떠날 때보다 훨씬 더 보따리상 같은 몰골로 돌아오는 그런 것이었다. 물욕을 버리지 않는 한, 세련된 여행자의 차림 같은 건 할 수가 없다.

사실은 여행을 떠날 때만이 아니라 외출할 때도 마찬가지다. 책 한 권으로는 부족할 거 같아 책을 두 권 넣는다. 노트도 넣고 펜도 두 자루나 넣는다. 노트와 펜이 수중에 없으면 불안해지는 성격이다. 그 밖에도 가방 속에는 미처 빼지 못한 물건들이 잔뜩 들어 있다. 지난 영수증, 마음이 약해 거절하지 못한 피트니스클럽이나 돼지갈빗집 전단지, 바르지도 않는데 불안해서(도대체 뭐가?!) 들고 다니는 립스틱, 과자나 빵 부스러기…….

그래서 나는 작은 가방은 사지 않는다. 무조건 큰 가방을 산다. 기저귀 가방 정도가 딱 좋다. 끈도 튼튼해야 한다. 가방이 너무 무거워 끈이 떨어진 적이 한두 번이 아니기 때문이다. 그래도 멋은 부려야 하니까 배낭은 절대 안 메고 다닌다. 그렇지만 납작해야 예쁠 가방에 뭘 잔뜩 쑤셔 넣고 다니니까 멋스럽지도 않다.

어쩌면 이 모든 것이 나라는 인간에 대해 말해 주는지도 모른다. 나의 욕심이나 불안 같은 것 말이다. 나도 초연한 사람이 되고 싶다. 주머니에 지갑 하나만 달랑 찔러 넣고 외출하는 사람이 되고 싶다. 주변에 그런 사람이 있나 생각해 봤다. 없다. 내 주변 사람들은 하나같이 시지포스의 돌덩이 같은 짐을 짊어지고 다닌다. 내가 아는 언니는 방석에 양산을 항상 지참했고(그 밖에도 정체 모를 물건들로 항상 배낭이 찢어질 것처럼 보였다), 우리 엄마는 커다란 가방에 간식을 넣은 보조가방까지 들고 다녔다(보조가방만 해도 쓰러질 무게다). 나 정도면 약과다. 유유상종, 끼리끼리 모이는 것이다.

내 자식들도 마찬가지인 것 같다. 딸은 집에서 5분 거리 이상만 움직여도 짐부터 꾸린다. 책도 챙기고 인형도 챙기고 간식도 챙기고 노트와 필기도구도 챙긴다. 아들이 다섯 살이었을 때 일이다. 동물원에 데리고 간 적이 있는데, 뭘 잔뜩 쑤셔 넣은 가방을 들고 있었다. 가방을 열어 보니 며칠 전부터 내가 찾아 헤매던 뒤집개, 신발 한 짝, 테니스공이 들어 있었다. 도대체 왜 들고 왔을까?

그런데 이제껏 여행을 떠나 정말로 필요했는데 없어서 쩔쩔 맸던 물건이 있다면, 그건 바로 머리끈이었다. 나는 그놈의 머리 묶을 고무줄이 없어서 찜통 같은 도

미니카공화국의 리조트에서 일주일 내내 괴로워했던 것이다. 매일 떨어진 머리끈이 없나 바닥만 쳐다보고 다녔고, 리조트의 기념품 가게에서 만 원에 육박하는 머리끈 가격을 보고는 눈물을 삼키며 돌아서기도 했다. 결국 샤워캡에 달린 고무줄을 뜯어서 머리끈 대용으로 썼는데, 머리를 묶을 수 있다는 사실만으로도 행복해 날아갈 지경이었다. 그때 이후로 여행 갈 때는 무조건 고무줄을 세 개 이상 챙긴다.

괜찮다. 고무줄은 가볍고 부피도 작으니까.

사실 이 글을 쓰고 있는 지금, 내일 떠날 3박 4일의 일본 여행에 꾸릴 짐 때문에 걱정이 된다. 마음 같아서는 맨몸에 갈아입을 옷 한 벌과 세면도구, 여권과 지갑과 스마트폰만 챙기고 싶지만, 분명 나는 이민 가방에 짐을 꾸릴 것이다.

내 가방 속 물건들은 해결하지 못한 내 문제들 같다. 언젠가는 해결할 수 있을 거라 믿는 그런 문제들 말이다. 아마 나는 그 문제들을 다 해결하지 못한 채로 죽게 될 것이다. 죽을 때는 짐을 꾸릴 수 없을 테니 그때는 좀 가볍게 떠날 수 있으려나.

나의 쇼핑 회고록

1. 내가 가장 처음으로 산 사치품은 '뉴 키즈 온 더 블록'의 사진집과 비디오였다. 엄마 몰래 사놓고는 (그래도 내 돈으로 산 거였는데) 엄청난 죄책감에 시달렸다. 돈을 이렇게 허투루 써서는 안 되는데. 그래도 행복했다.

2. 대학에 들어와서 홈쇼핑으로 메이크업 브러시 세트를 샀다. 왜 샀을까? 왜 사긴. 홈쇼핑의 메커니즘은 원래 그런 거다. 저런 걸 누가 사지? → 나도 하나 살까? → 왜 샀을까? 그걸 제대로 활용만 할 수 있었다면 20대 초반의 내 연애운도 탄탄대로를 달렸을 텐데, 아무리 더

듣어 봐도 그런 기억이 없다(사실 나는 머리도 잘 안 감고 다니는 애였는데 그 브러시를 쓸 일도 없었겠지). 그나마 위로가 되는 건 그 브러시를 18년이 지난 지금까지도 쓰고 있다는 거다. 전문가들이 들으면 기절할 얘기겠지?

3. 인도에 너무 가고 싶어서 휴학을 하고 아르바이트를 했다. 텔레마케팅으로 대학 졸업생 명부 팔기, 교차로 교통량 조사하기, 지하철 2호선 객차 내에 컴퓨터 학원 전단지 꽂기, 식당 서빙, 설문 조사 등등 별의별 아르바이트를 다 했는데, 그렇게 번 돈을 먹고 마시고 싸구려 옷을 사느라 다 써버렸다. 결국 신용카드 현금 서비스를 받아서 44만 원짜리 인도행 비행기 티켓을 샀다. 어차피 인도에 가서 잘생기고 돈 많고 착한 외국 남자애를 만나서 불타는 로맨스 행각을 벌인 후 그 남자애와 잘 먹고 잘살 계획이었으니, 그 정도 빚쯤이야 문제도 아니었다. 정확히 두 달 후 나는 로맨스는커녕 마약사범으로 오해받기 딱 좋은 몰골로 인천공항에 도착했고, 그 카드 빚은 2년 동안이나 무슨 스토커처럼 나를 쫓아

다녔다. 그때부터 나는 신용카드를 자르고 다시 만들기를 반복하기 시작했다.

4. 내 발은 255밀리미터다. 가끔은 260밀리미터이기도 하다. 아시다시피 여성용 구두는 가장 큰 사이즈라고 해봤자 250밀리미터다. 그래서 나는 언제나 발에 맞지도 않는 구두를 신고 고문당하는 기분으로 걸어 다녀야 했다. 그렇게 사는 인생은 정말로 힘들다. 혹시 사는 게 너무 편해서 불행한 사람이 있다면 한번 자기 발 사이즈보다 5~10밀리미터 정도 작은 구두에 발을 구겨 넣고 일주일만 살아보기를 바란다. 발에 맞는 구두를 신고 살 수 있다는 것만으로도 축복받은 기분이 들 테니까. 내 소원은 아무 구두 가게에나 들어가서 아무 구두에나 발을 넣어보는 거다. 그런데 만약 내 발이 그렇게 작았다면 나는 구두 쇼핑을 하느라 패가망신했겠지? 아무튼 돈이 좀 생기자 나는 백화점 구두 매장으로 달려가 구두를 두 켤레나 맞췄다. 구두는 정말 예뻤고 발에도 꼭 맞았다. 행복했다. 그때 나는 패션잡지사에서

편집 보조로 아르바이트를 하고 있었는데, 내 구두를 보고 기자 중 한 명이 크리스찬 디올 구두냐고 물었을 정도였다(그럴 리가?). 그 구두 두 켤레는 몇 년 전에 이사하다가 잃어버렸다. 정말 슬프다.

5. 태국에 놀러 갔다가 자라 매장에서 소매가 없는 무릎 길이의 화이트 원피스를 발견했다. 목부터 가슴까지 종이접기를 한 듯한 프릴이 세로로 달려 있었다. 심플하고 특별했다. 입어봤더니 몸에 꼭 맞고 잘 어울렸다. 결혼식이나 비슷한 행사가 있을 때 입고 가면 딱 좋을 것 같았다. 샀다. 한국에 돌아와서 다시 입어봤는데 이 원피스를 입고 지하철을 탈 엄두가 나지 않았다. 원피스를 입으려면 차를 사야 했다. 게다가 '결혼식이나 비슷한 행사'에 참석할 일도 좀처럼 생기지 않았다(원피스를 살 때 생각했던 '비슷한 행사'가 뭔지 나도 참 궁금하다). 어쨌든 그 원피스, 입을 수도 없고 버릴 수도 없고 누굴 줄 수도 없다.

6. 회사에 다니던 남편은 퇴근할 때마다 이상한 물건을 잔뜩 사 왔다. 각종 컴퓨터 주변기기는 물론, 냄새가 끔찍한 코코넛 오일, 평범한 수돗물을 육각수로 바꿔준다는 정체불명의 링을 사온 적도 있다. 어느 것 하나 없어도 사는 데 지장이 없을 물건들이었고, 심지어 효과도 없었다. 나도 만만치 않았다. 심심하고 쓸쓸하고 울적하면 마트에 가고 백화점에 가는 게 취미였다. 우리는 주말이면 무얼 할까 고민하다가 백화점에 가서 아이쇼핑을 하고 양심의 가책을 느끼지 않을 가격의 물건들을 하나씩 집어든 후 식당가에서 식사를 하고 서점에서 책을 봤다. 그렇게 월화수목금요일을 일하고 주말에는 돈을 썼다. 나쁘지 않았다. 그때도 우리는 나름 신중히 물건을 골랐고 그 정도 여유를 부려도 돌 맞을 정도는 아니었다.

갑자기 남편이 실직을 하고 집안 사정이 점점 어려워지기 시작하자 더 이상 그렇게 쓸 수 없다는 사실에 적응하기가 쉽지 않았다. 아니, 정말로 어려웠다. 타의에 의해 절약을 해야 하는 상황은 눈앞에 벽이 가로막혀 있는 느낌과 비슷하다. 하지만 소비도 습관이었다. 어느 정도는. 본성은 못 고치지만 습관 정도는 힘들어도 바꿀 수가 있다. 지금은 가끔 쇼핑을 하고 싶다. 단것이 급 당기는 현상과 마찬가지로. 동시에 '쇼핑이나 하러 갈까?', '계절이 바뀌었으니 옷이나 사러 갈까?'하는 마음은 거의 들지 않는다는 게 다르다. 가끔 '아, 예전엔 그런 마음으로 살았구나' 하고는 '내가 저런 애를 좋아했었단 말이지'와 비슷한 착잡한 심경이 들기도 한다. 어쨌든 절약은 쉽지 않다.

7. 가끔 나는 좀 비싼 빵집에 가서 갓 구운 단팥빵을 산다. 가격은 아마 2,000원에서 2,500원 정도? 그리고 집으로 돌아오는 길에 그 단팥빵을 야금야금 다 먹어치운다. 갓 구운 단팥빵은 정말 맛있다. 사람이 살아가는 데 필요한 모든 것이 거기에 다 들어 있다. 열량, 따뜻함, 부드러움, 달콤함, 기쁨, 배려, 다정함, 담백함. 이런 것을 단팥빵의 격려라고 하면 너무 낯간지러우려나. 돈을 아껴 쓰게 되면 모든 걸 좀 더 음미하게 된다. 자주 있

는 기회가 아니니까. 가능하다면 하얀 종이 봉투에 다섯 개쯤 집어넣어 가고 싶다. 아마 집에 도착하면 봉투가 텅 비어 있겠지? 그런 동화가 있었던 것 같은데, 종이 봉투 안의 단팥빵.

8. 쓰던 컴퓨터가 고장 나서 3년 전에 새 노트북 컴퓨터를 샀다. 30만 원이 채 못 되는 작은 넷북이다. 3년 동안 이 컴퓨터로 정말 많은 일을 했다. 돈도 많다면 많이 벌었다. 나는 물건을 함부로 쓰는 사람인데 이 컴퓨터는 단 한 번도 고장이 나지 않았다. 애플 맥북처럼 멋지진 않지만 든든한 내 사업 밑천이다. 브랜드를 말해 주자면 아수스로, 지금은 단종된 모델이다. 아마 내 생애 가장 잘 산 물건 중 하나일 것이다. 다음엔 애플 컴퓨터를 사고 싶다.

9. 얼마 전에 유니클로에서 회색 캐시미어 스웨터를 7만 9,900원이라는 가격에 판다고 했다. 요즘 쇼핑을 쉽게 할 수 없는 처지이기 때문에 참아보려고 했다. 유

니클로 매장에 가서 스웨터를 들어보고 몸에 대보기만 서너 번을 반복했다. 집에 와서는 그 스웨터를 입은 내 모습을 상상했다. 회색 캐시미어 스웨터를 입은 나는 왠지 지금의 나보다 좀 더 공정한 사람일 것 같았다. 인생의 여러 가지 면에 대해 균형 잡힌 시각을 가지고 있을 것 같았다. 남의 결점에 관대하고 어떤 일에도 침착하게 대응하며 흥분해서 침을 튀기며 남의 험담을 하지 않을 것도 같았다. 또 충동구매도 하지 않을 것 같았다. 그러니까 회색 캐시미어 스웨터를 입으면 지금의 나보다 훨씬 멋진 사람이 될 것 같았다. 그래서 나는 그 스웨터를 사기로 결심했다. 훨씬 멋진 사람이 되기 위해서.

10. 그 스웨터를 사서 입고 다니는데(심지어 지금도 그걸 입고 있는데) 아직 그런 사람이 되지 못했다.

정리 정돈의 아주 쉬운 기술

내가 아주 좋아하는 레이먼드 카버의 단편 〈별것 아닌 것 같지만, 도움이 되는〉은 교통사고로 아이를 잃은 젊은 부모가 무뚝뚝한 빵집 주인에게 갓 구운 빵을 대접받으며 위로를 받는다는 이야기다. 세상에는 그렇게 별것 아닌 것 같지만 도움이 되는 일이 있다. 나는 보통 힘들거나 슬프거나 우울하거나 기운이 빠질 때는 뷔페에 간다. 뷔페에 가서 몇 세기 전에는 황실에서나 누릴 수 있었을 산해진미를 눈앞에 두면 세상이 다 내 것 같은 기분이 든다. 어쩐지 한심하다.

아무튼 별것도 아니고 전혀 도움도 안 되는 일이 있다면 나 같은 사람에게 정리 정돈의 기술을 배우는 일일 것이다. 내가 정리 정돈의 기술을 전수한다고 하면 누구보다 남편이 코웃음을 칠 것이다. 나는 집 안이 폭탄 맞은 꼴이 될 때까지 방치하고 방치하다 도저히 견딜 수 없을 때야 몸을 일으키는 사람이기 때문이다. 애초에 폭탄 맞은 꼴을 만들지 않으면 좋을 것을, 나는 타고나길 정리 정돈이라는 걸 잘 모르는 사람이기 때문이다.

하지만 누군가가 그랬다. A에서 B까지 쉽게 가는 사람보다, A에서 C를 지나 D를 건너고 E를 거쳐 F까지 찍고 B로 오는 사람에게 배울 게 더 많을지도 모른다고. 사실은 내가 지어낸 얘기다.

수납 전문가의 강의를 듣거나 정리 정돈의 기술에 관한 책을 읽으면 처음에는 "오호!" 하며 감탄하곤 한다. 나도 내일부터 정리의 여왕이 될 수 있을 것 같은 희망이 차오른다. 하지만 거기까지다.

매일 5분씩만 짬을 내어 정리한다면 굳이 주말마다

허리가 휘도록 청소를 하지 않아도 된다고 한다. 매일 5분씩 짬이 난다면 나는 필사적으로 누워 텔레비전을 볼 것이다(역시 텔레비전은 악의 축이다). 빈 페트병을 잘라서 컵 수납 용기로 쓰고, 씻어 말린 우유갑을 서랍 안에 넣어 속옷이나 양말 같은 것을 수납할 수 있다고도 한다. 나 같은 사람에게 이 방법은 가뜩이나 더러운 서랍 안에 페트병과 우유갑 쓰레기까지 쑤셔 넣는 짓이다.

정돈을 하기 전에 정리부터 해야 한다는 얘기도 있다. 버리지 않을 것과 버릴 것으로 나누기부터 하라는 거다. 이렇게 정리를 하다 보면, 갑자기 예전에 사긴 했는데 샀다는 사실조차 잊어버린 물건, 과거의 남자친구에게 선물 받은 물건, 일기장, 스크랩북, 편지 따위를 발견하게 되고, 어느 순간 나는 정리 같은 건 잊은 채 물건 더미에 파묻혀서 추억의 열차를 타게 되고, 옛 남자친구와의 추억을 곱씹게 되고, 그러다 보면 인생이 허무해지고, 내가 헛살았다는 생각이 들고, 그러다 보면 하루가 다 가고, 결국 지친 채로 산더미 같은 쓰레기들을 다시 쑤셔 넣은 서랍을 닫아버리게 된다.

나는 이런 사람이다. 이런 나에게도 어느 정도 효과가 있었던 정리 정돈의 기술이야말로 정말로 한번 들어볼 가치가 있지 않을까?

나의 정리 기술이라고 해야 별게 없다. 나는 그저 주위를 둘러보면서 이 자리에 없어도 되는 물건들, 필요 없는 물건들을 골라낸다. 그때는 가차 없어야 한다. 냉혹해져야 할 타이밍이다. 진드기처럼 들러붙는 헤어진 애인을 떼어낼 때처럼, 거리에서 '도를 아느냐?'고 묻는 사람들을 떼어낼 때처럼(그래본 적은 없습니다만), 대출을 권하는 전화를 거절할 때처럼, 필요 없는 물건이 눈에 띄면 그 즉시 제자리에 갖다 두거나 버려야 한다.

이를테면 침실에는 잡동사니를 두지 않는다. 침실은 잠을 자기 위한 공간이니까(물론 우리 집 침실은 구식이라 침실 겸 거실 겸 서재 겸 놀이방으로 활용하고 있지만). 가급적 침구나 스탠드 조명, 잠 잘 때 필요한 간단한 소품 외에는 아무것도 두지 않도록 노력한다. 침실에 있는 3단 서랍장 위에는 아무것도 올려놓지 않는다. 장식품을 올려놓으면 먼지가 쌓일 텐데 내가 그 먼지를 날마다 닦을 사람이 아님을 알기 때문이다.

부엌에도 필요한 물건만 둔다. 매일 쓰는 밥그릇, 국그릇, 작은 접시, 큰 접시를 사람 수대로 두고 여분의 샐러드 그릇이나 나눠 먹을 요리를 놓을 수 있는 아주 큰 그릇을 하나씩 둔다. 별로 마음에 들지 않는 그릇은 아름다운 가게에 기증했고, 가끔 쓰는 그릇은 싱크대 상부장 높은 곳에 올려 두었다. 이렇게 하면 이 그릇 저 그릇을 꺼내 쓰느라 싱크볼 안에 다보탑을 쌓는 상황을 피할 수 있다(고 썼지만 지금 이 시간에도 싱크볼 안에는 멋진 탑이 쌓여 있다. 미스터리!). 냄비도 크기별로 하나씩만 있으면 된다. 프라이팬도 큰 것 하나 작은 것 하나면 족하다. 컵도 사람 수대로 하나씩 두면 된다. 컵이 없으면 가족들에게 알아서 씻어 쓰라고 말하면 된다. 냉혹한 주부가 되어야 한다.

욕실도 마찬가지다. 굳이 샴푸 종류가 세 가지나 될 필요는 없다. 빨리 다 써버리고 꼭 필요한 샴푸 하나씩만 두면 된다.

언젠가 필요할 것 같아서 쟁여두는 물건은 그 언젠가가 20년이나 30년 후일 수도 있다는 사실을 떠올리면 버릴 수 있을 것이다. 심지어 그때가 되면 그 물건의 존재조차 잊어버릴 것이 빤하다. 벌써 썩었거나.

그러나 이렇게 냉혹한 나도 15년쯤 전에 첫사랑이 군대에서 보낸 편지를 버리지 못하고 있다. 앞으로 내 인생에 다시는 이런 편지를 받을 일이 없을 텐데, 이걸 어떻게 버리나 싶다. 하지만 가지고 있다고 해서 달라질 것도 없다. 홀로 앉아 그 편지를 읽으며 눈물을 훔치는 궁상스러운 일만은 피하고 싶기 때문이다. 나나 그 남자 중 어느 쪽이든 유명한 사람이 되어서 그 편지가 세간에 공개될 일도 없어 보인다. 그래도 못 버리겠다. 불에 태우는 것도 웃기는 일이다. 차라리 그 남자에게 확 돌려줘버릴까 하는 생각도 든다. 그 남자 입장에서는 황당한 일이겠지만.

정리의 둔재들에게 가장 유용한 정리의 기술은 부지런해지는 것이 아니다. 우리는 그렇게 부지런해질 수 없는 사람이다. 우리는 대신 다른 데에 그 에너지를 쓸 것이다. 확신할 수는 없지만 아무튼 그럴 것이다. 세상에는 정리 정돈 말고도 즐거운 일이 너무나 많다.

게으른 나 자신을 인정하는 것이 우선이다. 나 자신에게 너무 많은 것을 바라지 말자. 정리의 둔재들에게 가장 효과적인 정리 정돈의 기술은 애당초 정리 정돈할 물건들을 만들지 않는 것이다. 물건의 수를 최소한으로 줄이고 더 늘리지 않는다. 만약 새로운 물건을 사고 싶다면 기존에 있는 물건을 하나씩 버리거나 누군가에게 주는 것이 낫다. 이 물건이 내게 정말 필요한 것인지, 이 물건을 대체할 물건이 지금 내게는 없는 것인지, 이 물건이 일주일 후에도 한 달 후에도 1년 후에도 3년 후에도 여전히 가치가 있을지, 좀 구차하다 싶을 정도로 고민해 보는 것도 나쁘지 않다.

그러고 보면 결국 정리에 있어 가장 중요한 것은 마음의 정리인 것 같다.

나의 책 구입법

나는 좋아하는 작가의 책이 아닌 이상 쉽게 책을 사지 않는 편이다. 책은 대개 시립도서관에서 빌려 읽는다.

무엇보다 나는 도서관을 좋아한다. 원래부터 그랬던 것은 아니다. 전에는 도서관에 가도 무슨 책을 골라야 할지 몰라 어지러웠다. 책을 별로 읽지 않던 시절의 내게 도서관의 서가에 꽂힌 책들은 너무, 너무 많았다.

책을 읽기 시작하면서부터는 읽고 싶은 책들이 꼬리에 꼬리를 물고 늘어났다. 요즘은 도서관 열람실의 문이 열림과 동시에 가슴이 두근거린다. 책장 가득 꽂힌 책들 앞에 서면 거의 아찔해질 지경이다. 이 순간만큼은 나는 내 능력을 과신한다. 욕심이 많아진다. 정복자가 된다. 사실은 세일 중인 옷가게나 빵집, 뷔페의 입구에서 느끼는 것이나 비슷한 감정이다. 그리고 내 생각에, 책과 옷과 빵과 뷔페 음식을 같은 선에 놓지 못할 이유도 없다.

한때는 일주일에 한 번 이상 도서관에 들러서는 대출 한도를 꽉꽉 채워 책을 빌렸다. 스무 권 가까이 빌린 적도 많다. 가방이 찢어지도록 담아 어깨에 짊어지고는 노다지라도 캔 것처럼 뿌듯한 마음으로 집에 돌아오곤 했다. 집에 가는 동안 참지 못하고 걸어가면서 책을 읽은 적도 있고 운전을 하다가 신호대기 중에 읽은 적도 있다. 누구에게 자랑하고 싶어서도 아니었고 다분히 과시적인 자기만족을 위해서도 아니었다. 이유가 없었다. 그냥 좋아서 그랬다.

나는 보통 나 자신이 별로 마음에 들지 않지만 그래도 대견스러운 것이 하나 있다면 절대로, 단 한 번도, 누군가에게 있어 보이기 위한 목적으로 책을 고르거나 사본 적은 없다는 것이다. 그것 하나만큼은 자부심을 갖고 있다. 그렇기에 내 책장에 꽂힌 책들은 정말로 두서가 없다. 내가 정말로 좋아하고 내게 정말로 필요한 책들이기 때문이다.

그럼에도 좋아하는 책에 대해 말하기란 어렵다. 좋아하는 책에 대해 말하는 것은 좋아하는 남자애에 대해 말하는 것과 같다. 그 애는 엄청나게 많은 좋은 점들을 갖고 있지만, 다른 사람들은 그렇게 생각하지 않을 수도 있다는 두려운 마음이 든다. 겨우 저 정도의 남자애를 좋아하느냐는 핀잔을 들을까 두렵기도 하다. 어쩌면 사람들이 그 애에 대해 실망할지 모른다는 걱정을 하기도 한다. 나는 가급적이면 그 애를 감추고 싶다. 가급적이면 나만 아는 좋아하는 사람으로 남겨두고 싶다. 하지만 좋아하는 마음만큼은, 온 세상에 다 떠벌린다 해도 모자랄 판이다.

내 책장에는 가장 사랑하는 헬렌 필딩의 『브리짓 존스의 일기』와 속편인 『브리짓 존스의 애인』이 나란히 꽂혀 있다. 심지어 영문판도 있다. 얼마나 많이 읽었는지 책이 너덜너덜해졌을 정도다. 줄도 엄청나게 많이 쳤다. 나는 학위라도 받을 것처럼 그 책을 읽었다. 내게 유머 감각이란 것이 있다면 그중 30퍼센트는 헬렌 필딩에게서, 또 30퍼센트는 빌 브라이슨에게서 배운 것이다.

무라카미 하루키의 책도 거의 다 있다. 나는 그의 책을 거의 빅뱅의 소녀 팬이 그들의 CD나 DVD, 사진집, 팬시용품을 사 모으듯이 모은다. 만약 무라카미 하루키 양말이 나온다면 그걸 사서 신을지도 모르겠다. 무라카미 하루키 스파게티나 무라카미 하루키 볼펜, 무라카미 하루키 맥주 같은 게 나오면 그런 것도 다 살 것이다(무라카미 하루키 씨가 그런 데 관심이 없어 다행이다).

그렇지만 그에 대한 애정은 20대 초반부터 시작된 것이므로 이제는 어느 정도 습관적인 것이기도 하다. 벌써 20년 가까이 '신화'의 팬인 내 친구가 "오빠들이 앨범을 냈는데 한번 사 줘야지."라며 선심을 쓰듯 앨범을 구입하는 것처럼(사실 오빠도 아니다. 그 그룹 멤버들은 거의 우리와 동갑이거나 어리다!), 나 역시 책이 나오면 '아아, 또 나왔구나' 하는 마음으로 산다.

사실 무라카미 하루키를 좋아한다고 말하는 것은 좀 부끄러운 일이긴 하다. 지금은 잘 모르겠지만, 한 10년 전쯤만 해도 하루키를 좋아하는 사람이라고 하면 어쩐지 허세가 심하고 자폐적인 이미지가 있었기 때문이다. 하지만 요즘은 허세가 심하고 자폐적인 것이 왠지 자랑인 것 같은 세상이라 별로 부끄러울 일도 아닌 것 같다. 게다가 나는 내일모레면 마흔이고, 남편도 있고, 애도 둘이나 낳았고, 뱃살도 나날이 두둑해지고 있기 때문에 지금 와서 부끄럽고 자시고 할 일도 없다.

스티븐 킹의 책도 거의 같은 마음으로 산다. 사실 장편은 잘 사지 않는다. 나는 스티븐 킹의 단편을 좋아하기 때문이다. 레이먼드 카버의 책도 다 있고, 레이먼드 챈들러의 책도 있다. 그리고 내가 좋아하는 바버라 에런라이크의 책도 있고, 빌 브라이슨의 책도 있다. 요즘은 인도계 미국 소설가 줌파 라히리의 책을 많이 샀다.

소설이나 논픽션 외에 인테리어 책도 엄청나게 많고, 요리책도 많다. 농사에 관한 책도 있고, 농촌 생활에 관한 책도 있다. 베란다에서 화초를 키우는 법에 관한 책이라든지, 부부생활에 관한 책이라든지 사진 책도 많고, 종이 오리기에 관한 책도 있다. 그리고 나는 이 책들을 거의 다 좋아해서 샀다.

내가 산 책들은 대개 도서관에서 빌려 읽고 난 후에 샀다. 책을 읽기 시작한 초기에 나는 도서관에서 빌려 읽은 책들 중 정말로 좋아서 오래오래 곁에 두고 싶은 책들만 샀다. 더 이상 짐을 늘리고 싶지 않았기 때문이다. 이제는 그러지 않는다. 나에게도 좋아하는 작가들이 많이 생겼고 좋아하는 책들을 북 카페의 책장에 꽂을 수 있기 때문이다. 나의 책장은 내가 좋아하는 책들에 점령당했다. 배울 점이 많고 멋진 친구들을 늘 곁에 둔 것처럼 마음이 든든하다.

생각해 보면 책을 사는 것은 투자 대비 효용 가치가 가장 높은 일에 가깝다. 어떤 사람의 전 생애를, 사상을, 사고를, 지식을, 감성을, 영혼을 만 원이 조금 넘는 돈에 살 수 있다는 것이 어떻게 돈이 아까운 일이 될 수 있는지 나는 잘 모르겠다. 물론 전혀 건질 것이 없는 책도 많다(내 책도 그런 데 속할 수도 있다).

좋은 책과 나쁜 책을 구분하는 것은 쉽지 않은 일이다. 하지만 나는 그저 마음이 끌리는 대로 하라고 말하고 싶다. 처음에는 무조건 가벼운 마음으로 접근하는 것이 좋다. 그 후에는 좋은 책이지만 내 맘 같지 않은 책을 많이 읽으라고도 말하고 싶다. 관심 없는 분야의 책을 읽거나 이런 식으로도 저런 식으로도 해석할 수 있는 책을 읽는 것도 좋다. 그런 책이야말로 인간이 성장하는 데 도움이 된다. 말하지 않아도 통하는 친구보다 좋아하지만 내 맘 같지 않은 친구를 만났을 때 더 많이 성장하는 것처럼 말이다.

그나저나 얼마 전에 주문한 무라카미 하루키의 『포트레이트 인 재즈』라는 책이 도착했다. 아, 나도 이제는 무라카미 하루키를 그만 사야 할 텐데. 하지만 나는 아마 그가 세상을 떠나기 전까지는 계속 그의 책을 사 모을 것이다. 가만 생각해 보면 좋아하는 작가와 함께 나이를 먹어간다는 건 정말 근사한 일이 아닌가 싶기도 하다.

고독한 식사

누군가 그랬다. 혼자 점심을 먹지 말라고. 아예 그런 제목의 책까지 나왔었다. 인맥, 네트워킹에 관한 이야기였는데, 나는 그 말에 심하게 찔린 사람 중의 하나였다.

나는 혼자 밥을 잘 먹는 축에 속한다. 먹고 싶은 것이 있으면 혼자서라도 꼭 먹는 편이다. 아, 물론 혼자 고깃집에 가서 고기를 구워 먹어보지는 못했다. 혼자 샤브샤브집에 가거나, 혼자 회를 먹어보지도 못했다. 혼자 술을 마셔본 적도 없다. 그 정도로 대범하지는 못하다. 그래도 그럭저럭 혼자 먹을 만한 곳에서는 혼자 잘 먹는다. 햄버거도 잘 먹고 자장면도 잘 먹고 김밥도 잘 먹고 떡볶이도 잘 먹고 순댓국밥도 잘 먹는다.

내 부모님은 중국집에서 만났다고 했다. 서로에 대해 전혀 몰랐던 아빠와 엄마는 그해에 속초 시내에서 이상하게 자주 마주쳤는데, 나중에 알게 된 사실이지만 서로를 마음에 담아두고 있었단다. 결정적으로 두 사람은 어느 날 한 중국집의 멀찍이 떨어진 테이블에 서로를 마주 보며 앉아 있게 됐다. 스물네 살 해군 하사였던 아빠에게 열아홉 살 어린 나이의 엄마가 혼자 자장면을 씩씩하게 먹는 모습은 꽤 인상적이었다. 그때 엄마가 혼자 자장면을 먹고 있지 않았더라면 두 사람은 사랑에 빠지지 않았을지도 모른다. 아무튼 나도 그 피를 물려받은 것이 확실하다.

내가 스물세 살에 사귀던 남자는 먹는 데 관심이 없었다. 나는 먹는 데 관심이 엄청나게 많았다. 그래서 그와 만나지 않는 날엔 혼자 식당에 가서 먹고 싶은 메뉴를 실컷 먹었다. 그 남자와 내가 잘 되지 않았던 것도 당연한 일이다. 함께 여행을 간 날에 나는 혼자 치킨 한 마리를 시켜서 오기로 다 먹어버렸고, 그 남자는 나를 무은 짐승 보듯 쳐다봤으니까. 그와 헤어지고 스물다섯 살에 소개로 만난 다른 남자는 혼자서는 밥을 못 먹는다고 했다. 그 말을 듣고 그가 싫어졌다. 사람을 그런 걸로 판단할 수 있을 만큼 오만한 나이였다.

혼자인 것은 결국 나 자신과 함께 있는 것이다. 그런데 나 자신은 혼자 있기에 그렇게 재미있는 사람도, 그렇게 본받을 만한 사람도 아니다. 때로는 나 자신이 무섭거나 싫기도 하다.

혼자일 때 우리는 낯선 타인들에게 받아들여져야 하고 이해되어야 한다. 내게는 나 자신이 괜찮은 사람, 믿을 만한 사람이라는 표식이 없기 때문이다. 친구나 동행이라는 표식 말이다. 어색하거나 당황스러운 상황에서 함께 실소라도 터뜨리며 그 감정을 공유할 사람도 없다. 의지할 사람도 없고 도움을 요청할 사람도 없다. 무엇보다 시선을 둘 곳이 없다. 특히 혼자 밥을 먹을 때는. 그래서 사람들은 혼자 있는 것을 두려워하는지도 모른다.

20대에 혼자 여행을 하다 태국 남쪽의 한 섬에서 두 명의 한국 여자들을 만난 적이 있다. 그전에 만난 한국 여자들은 다들 나를 멀리했는데 그럴 만도 했다. 혼자 다니는 여행에 지쳐 몰골이 거의 마약 중독자 수준이었기 때문이다. 유럽 여행 후 경유지로 태국에 들른 간호사 출신의 그녀들은 다정하고 친절한 사람들이었다. 나는 그녀들과 해변에서 이야기를 나누고 정보를 교환하고 저녁에 해변의 식당에서 함께 식사를 했다. 나는 한 달 동안 혼자 지내며 지칠 대로 지쳐 있었기 때문에 그녀들과 함께 있는 것이 무척 즐거웠다. 웅녀가 사람이 되고 나서 처음 느낀 기분이 바로 이런 것이었을지도 모르겠다는 생각이 들 정도였다.

그날 우리의 맞은편 테이블에는 한 서양 노인이 홀로 앉아 식사를 하고 있었다. 그는 낮에 숙소의 리셉션에서 외국인 손님들의 수속을 도와주던 사람이었다. 아마도 은퇴를 하고 여행을 다니다 여기에 일자리를 얻은 것 같았다. 급여는 적지만 숙식을 제공받을지도 몰랐다. 그는 저무는 해를 보며 스테이크를 잘게 썰어 먹고 맥주를 천천히 마시기를 반복했다. 그는 오랫동안 편안하게 해변에서의 식사를 즐겼다. 누군가가 옆에 앉기를 기다리지도 않는 것 같았다. 그 노인처럼 이 아름다운 섬에서 해가 뜨고 해가 지는 것을 보면서 여생을 보내는 것도 괜찮을 것 같아 보였다.

나는 여전히 혼자 밥을 잘 먹는다. 내가 계속 혼자 밥을 잘 먹는 이유는 혼자 먹지 않아도 되는 현실이 든든하게 버티고 있기 때문이다. 내게는 가족도 있고 친구들도 있다. 그러니까 점심 정도야 혼자 먹는다고 해서 비참할 이유가 없다.

혼자 밥을 먹을 때는 굳이 메뉴를 통일할 필요가 없어서 좋다. 상대가 먹는 속도에 맞출 필요도 없고, 상대가 불편한 사람일 경우 어색한 침묵 속에서 먹지 않아도 돼서 좋다. 집에서 혼자 밥을 먹어도 처량하다는 느낌 같은 건 조금도 들지 않는다. 이렇게 맛있는 것을 혼자 먹을 수 있다니, 나는 참 복 받은 인간이라는 생각마저 든다.

친한 사람이나 좋아하는 사람들과 함께 둘러앉아 뭔가를 먹는 일은 즐겁다. 하지만 친하거나 좋아하는 사람과 밥을 먹을 일은 그렇게 많지 않다. 생각해 보면 나는 혼자 밥을 먹는 것을 좋아하는 게 아니라 어색한 사람과 함께인 것이 싫은 게 아닐까? 내게는 함께 있을 때 어색한 사람이 너무 많은 것이 아닐까? 이런 사람이라 인맥을 만드는 일, 네트워킹을 하는 일에는 젬병인 게 아닐까?

그런데 나는 인기 있는 사람들의 패턴을 안다. 꼭 와달라고 부탁한 파티나 행사 같은 곳에 굳이 시간과 용기를 내어 가보면 입구에서부터 알게 된다. 내가 꼭 가지 않았어도 좋을 자리라는 걸. 나 같은 사람은 그저 머릿수를 채워주는 존재에 불과하다는 걸.

그들은 사람들을 관리한다. 그들은 보통 두 부류다. 진심을 떨이 상품처럼 싼값에 떠안겨 아리송하게 만들거나, 아니면 진심을 감추고 생글생글 웃거나. 나는 그런 사람들을 좋아하지 않는다.

아니다. 이건 사실 태어나서 단 한 번도 인기 있어본 적이 없는 여자의 질투심이다. 그 사람들이야 그 사람들 나름대로 잘 살아갈 것이다. 나는 언제나 파티장 입구에서야 속았다는 사실을 깨닫는 사람으로 살아갈 것이다. 각자의 인생인 것이다.

소셜 다이닝이라는 것이 인기라고 한다. 긴 식탁에 나란히 앉아 소박한 식사를 하는 멋진 사진들이 종종 인스타그램에 보인다. 아름다워 보인다. 동시에 나는 태국의 섬에서 홀로 천천히 식사를 하던 노인의 모습도 떠올린다. 그 지독했던 쓰나미가 섬을 초토화시키기 한참 전의 일이었다. 노인은 아직도 살아 있을까? 어쩌면 노인의 고독도 쓰나미와 함께 쓸려간 것은 아닐까?

마음을 먹어야 할 때

"마음만 먹으면 안 되는 일이 없다."는 말을 나는 언젠가부터 싫어하게 되었다.

사실 마음을 먹었는데도 안 되는 일은 너무나 많다. 마음을 먹어도 살은 잘 안 빠지고, 마음을 먹어도 계획적인 사람이 되지는 않는다. 마음을 먹어도 느긋한 사람이 되지 않는 것도 마찬가지다. 마음을 먹어도 세상 사람들이 다 내 맘 같지도 않고, 마음을 먹어도 돈은 나만 피해 가고, 마음을 먹어도 성공의 길은 내가 모르는 곳에 꽁꽁 숨겨져 있다. 아, 어쩌면 내가 마음을 제대로 안 먹어서 이런 건지도 모르겠다.

'마음만 먹으면 안 되는 일이 없다'는 말을 싫어하는 진짜 이유는, 그런 말을 하는 사람이란 인색한 사람이 아닐까 하는 의심이 들어서다. 내가 마음을 굳게 먹어 이렇게 됐으니 너희도 요행 따위는 바라지 말고 마음이나 제대로 먹으라는 얘기 아닌가. 남의 사정을 어떻게 안단 말인가. 그 사람에게 안 되는 일이 없는 것이 마음을 먹어서인지, 시대를 잘 타고나서인지, 부모를 잘 타고나서인지, 마누라나 남편 복이 있어서인지 그걸 누가 안단 말인가. 당신이 안 되는 일 없이 인생을 불도저처럼 밀고 나갈 동안 혹시 누가 그 불도저 밑에 깔리지나 않았는지 그건 또 누가 안단 말인가. 심지어 그런 말을 잘도 하고 다닌다는 자체가 어디 높은 곳에 편하게 앉아 거들먹거리는 느낌이 들어 싫다.

그럼에도 살다 보면 분명히 마음을 먹어야 하는 부분들이 있다. 마음을 먹지 않으면 안 되는 순간이 있다. 내가 이 모양 이 꼴로 사는 것은 전부 다 내 책임만은 아니겠지만, 어쨌든 나 말고는 책임질 사람이 없으니까 말이다.

그 사실을 뼈아프게 깨달은 순간이 두 번 있었다. 가장 처음은 첫사랑에게 차인 해였다. 그러고 나서 실연의 상처를 잊어보려고 이 남자, 저 남자를 가리지 않고 만났는데 그들 모두 상처에 사포질을 하는 남자들이었다. 하루에 담배를 한 갑씩 피우고 술독에 빠져 살며 나 자신을 비운의 여주인공 취급하며 살던 어느 날, 소설 『브리짓 존스의 일기』를 읽다가 '이 웃긴 여자가 나란 말인가'하는 생각이 들면서 세상 사는 게 좀 가벼워지기 시작했다. 뚱뚱하고 나이는 들어가고 성공도 못했고 앞으로도 그럴 일은 없을 것 같고 무엇보다 애인도 없는 평범한 여자 브리짓 존스는 바람둥이 편집장에게 휘둘리고 얄팍한 우정 앞에서 씩씩대며 잡지에 나오는 멋진 인생 같은 건 아무리 노력해도 가질 수 없다는 진실을 깨닫게 된다. 그리고 그 과정이 쉴 새 없이 키득거릴 수밖에 없을 정도로 재미있게 그려진다.

이미 눈치챘겠지만 나는 남들이 다 겪는 인생의 곤경, 예를 들어 비 올 때 생긴 발목 깊이의 웅덩이 같은 곳에만 빠져도 당장 익사할 것처럼 허우적대는 사람이다. 꼴사납지만 그게 나다. 아무튼 고통 감수성(내가 만든 말이다. 그냥 '투덜이'라고 하는 것보다는 있어 보이니까)이 높은 나는 브리짓 존스를 만난 후에야 이 정도 곤경은 누구라도 겪는 대단치도 않은 곤경일 뿐이며, 그 곤경의 강도를 결정짓는 것은 오로지 나 자신이라는 사실을 어렴풋이나마 알게 되었다.

물론 그걸 알게 된다고 해서 천지가 개벽하듯 인생이 바뀌는 건 아니다. 타고난 성향이라는 건 절대로 쉽게 변하지 않으니까. 시간이 흘러 회사를 그만두고 두 돌도 안 된 아이와 태어난 지 몇 개월 안 된 아기를 키우게 됐을 때는 사하라 사막 도보 횡단이라든지, 에베레스트 정상 정복을 하는 기분이었다. 매 순간 한숨을 푹푹 내쉬었고, 아이에 대한 미움과 죄책감이 교차했고, 이걸로 내 인생이 끝났다는 생각에 아찔해졌고, 그래서 때로는 멍하니 18층 아래를 내려다보고 있다가 '사람이 이렇게 뛰어내릴 수도 있겠구나'하는 생각도 했다. 물론 나는 집착이 강한 여자라서 정말로 뛰어내릴 일은 없을 거였다. 그냥 그런 기분이 들었다는 거다.

돌이켜 보면 나는 우울증을 앓고 있었다. 내가 할 수 없는 일을 해야만 하는 상황인데, 아무리 해도 나는 그 일을 제대로 할 수 없는 상태였다. 심지어 막 회사를 그만두고 전업주부가 된데다 낯가림까지 심해서 하소연할 사람 하나 없었다. 나는 정서적으로도, 신체적으로도 고립된 신세였다.

그날도 하루 종일 망아지처럼 날뛰는 큰아이와 잠시도 손을 뗄 수가 없는, 게다가 잠투정이 심한 둘째아이를 돌보느라 지치고 몽롱한 상태로 유모차를 끌고 집 앞 공원으로 나가는 길이었다. 엘리베이터를 타려 할 때 큰아이가 바로 옆 층계참을 가리키며 말했다.

"엄마, 저기 사람이 있어."

거기에 발이 있었다. 검은 신발을 신은 발 두 개가 벽 뒤에서 비쭉 튀어나와 있었다. 가만 보니 발의 주인은 아파트에 야쿠르트와 우유를 배달하는 아주머니였다. 늘 조금 야박하고 욕심이 많아 보였던, 인사를 하면 자꾸 신제품을 시켜 먹으라며 급하게 홍보를 해서 슬슬 피해 다니던, 야쿠르트 장사를 저렇게 하면 안 되는데 하고 생각하게 만들었던 아주머니였다. 그 아주머니가 이 더운 날에 층계참에 앉아서 졸고 있었다. 쉴 곳도 없이 층계참에서 졸고 있는 아주머니의 발이 애처로웠다. 하지만 나라고 별로 다를 것도 없었다. 아주머니, 우리는 무슨 팔자를 타고났기에 이렇게 애처로운 신세가 되었을까요.

그때 문득 그 생각이 들었다. 내 인생이 이렇게 된 건 애들 탓도 아니고 남편 탓도 아니고 누구의 탓도 아니었다. 결혼을 한 것도 나고, 애를 낳은 것도 나고, 애들을 혼자 힘으로 키우겠다고 무식하게 나선 것도 나고, 그러면서 스트레스를 받는 것도 나였다. 아들이 뭔가 실수한 후에 늘 하던 투로 말하자면 "범인은 나였어."였다.

잘하려고 하다 보니 부담스러웠고, 예전처럼 늘 이루고 싶은 것들에 초점을 맞추다 보니 그걸 못 이루는 상황들이 괴로웠다. 이렇게 해야 한다, 저렇게 해야 한다는 의무감에 불타다 보니 더 하기가 싫어졌던 것이다. 그냥 하면 되는 거고 그냥 받아들이면 되는 거였는데.

이제껏 열심히 일하고 쫓기듯이 몰아치며 살아왔으니 지금은 좀 쉬어도 됐다. 애들이 잘 때 자고 일어날 때 일어나면 되는 거였다. 같이 빈둥거리면 되는 거였고, 밥이야 뭐 대충 먹어도 되고, 살림이야 뭐 좀 젖혀둬도 되는 거였다. 애들한테 잘하려고 애쓸 필요도 없고, 좋은 엄마나 훌륭한 엄마나 멋진 엄마가 되려고 고군분투하는 것보다는 그냥 엄마면 되는 거였다.

내 인생이 조금이라도 달라졌다면 그때부터였던 것 같다. 어쩌면 달라졌다기보다는 다른 국면으로 접어들었거나, 한 계단을 밟고 올라갔다고 말할 수 있겠다. 이건 누구의 책임도 아닌 나의 책임이므로 도망칠 수도 없고 무를 수도 없다는 걸 깨달았다. 그러므로 이 일을 받아들이거나 선택해야 한다면 가장 최선의 것을 받아들이고 선택하면 된다.

그리고 이것이야말로 모든 엄마와 아빠들이 자식을 가진 후 겪게 되는 새로운 성장의 단계일지도 몰랐다.

숲길을 걷는 법

내가 어떤 기로에 서 있다고 생각한 적이 있다. 사실은 언제나 그랬다.

인생은 결국 선택의 문제고, 어느 쪽을 선택하건 선택하지 않은 쪽을 책임지는 것이라고 누군가가 말했는데 그게 맞는 말인지는 잘 모르겠다. 인생이 선택의 문제라면 인생은 이를테면 자장면과 짬뽕처럼 중국집의 메뉴 같은 것이 되어 버리는데, 살아 보면 알겠지만 그렇지는 않다. 인생은 그냥 닥치는 건지도 모른다. 닥치고, 수습하는 일의 반복이다.

서른다섯이 넘어서 새로운 직업을 갖기란 쉽지 않다. 새로운 길을 개척하기도 말처럼 쉬운 일은 아니다. 나처럼 대단치 못한 사람에게는 더욱 그렇다.

서른다섯 즈음 되었을 때, 나는 내가 가진 것을 생각했다. 주머니 속에 든 소지품을 하나하나 꺼내어 늘어놓는 기분으로. 주머니였다. 가방이 필요할 일도 없었다. 내가 가진 것들은 주머니 하나면 충분할 정도로 수량 면이나 부피 면에서 보잘것없었으니까.

나는 바닥에 늘어놓은 내가 가진 것들을 하나씩 살펴본다. 그중에서 앞으로 내가 이 험난한 숲길을 헤쳐 나가는 데 조금이나마 도움이 되는 것이 있을까 하고. 아닌 밤중에 알지도 못하는 사람이 운전하는 차에 탔다가 숲 앞에서 버림을 받은 사람의 기분으로. 손전등이든, 나침반이든, 사냥칼이든, 호루라기든, 생수든 필요한 게 있다면 뭐든 챙기고 필요 없는 것들은 버리든지 다시 주머니에 넣든지 해야 했다.

가진 기술이라고 할 만한 게 있다면 글을 쓰는 기술

밖에는 없었다. 글을 써서 먹고 살 거라고는 상상도 못 했는데, 스물일곱 살에 친구의 소개로 잡지사에 들어간 후로 이렇게 저렇게 연결이 되어 글을 써서 돈을 벌게 되었다. 그것도 기술이라고 치면 기술이었다. 예술이라고 할 수는 없지만 기술은 기술이었다.

그러니까 앞으로 내가 돈을 벌 가능성이 조금이라도 있는 일이라면 그건 글을 쓰는 일인지도 모른다. 그게 아니라면 아예 접고 새로운 길을 찾아야 했다. 맨몸으로 숲길을 헤치고 나가야 했다. 손전등도 없이, 나침반도 없이.

내게 재능이 있는 걸까. 있을 수도 있고 없을 수도 있다. 지금보다 더 나아질 수 있을까. 나는 아무것도 몰랐지만 이것 하나는 알았다. 지금보다 더 나아질 수 없다면 차라리 이쯤에서 접는 것이 낫다는 것. 이쯤에서 접자니 어쩐지 좀 더 해보고 싶어졌다. 다른 걸 시작한다고 해도 이것보다 더 잘하리라는 보장도 없었다. 그렇다면 지금보다 더 나아지려면 무얼 해야 할까.

어쩌면 학교로 가서 학위를 딸 수도 있을 것이다. 해

외에 체류하면서 견문을 넓힐 수도 있을 것이다. 다시 지하철을 타고 직장에 출근할 수도 있을 것이다. 집에 처박혀서 언제 끝날지 모를 자기 자신과의 싸움을 계속할 수도 있을 것이다. 그러다가 끝내 져버리고 인터넷 검색이나 하고 있겠지. 나는 그러고도 남을 인간이다.

그때 나는 가야 할 길을 가늠해 보고 있었던 것이다. 어둠 속에서, 더 짙은 어둠이 기다리고 있는 숲 안쪽을 들여다보려 애를 쓰고 있었다. 수많은 길이 있다면 아주 조금이라도 더 밝은 길로 가야 하는지도 몰랐다. 그곳이 낯설고 조금 위험해 보여도, 사실 조금 돌아가는 길처럼 보여도 그 길로 가야 하는지도 몰랐다.

그즈음 나는 사람들을 많이 만나고 싶었다. 재미있는 일을 많이 하고 싶었다. 온종일 책상 앞에 앉아 생각나지도 않는 단어들을 고르고 골라 일렬로 정렬시키는 일은 말 그대로 진이 빠지는 일이었다. 대단한 것들을 쓴 것도 아니건만 '진이 빠진다'는 말이 무엇인지 정확히 이해했다. 머리와 몸을 균형 있게 쓰는 일을 하고 싶었다. 나 자신을 사회적으로 조금 더 확장시켜야 할 때가 왔다는 생각도 들었다. 늘 해보고 싶던 일을 할 기회가 왔다면 앞뒤 가리지 말고 잡아야 한다고도 생각했다. 사실 이것저것 따지기가 귀찮기도 했다. 나는 별로 이성적인 사람이 못 돼서 마음이 끌리는 대로 하는 편이다.

그래서 카페를 차리게 됐다. 무리라는 걸 잘 알고 있었다. 하지만 인생은 원래 닥치고, 또 수습하는 것이 아니던가. 내가 선택을 하고 말고의 문제가 아니었다. 나는 내가 선택을 했다고 생각했지만 사실은 그 길로 몰렸는지도 모른다. 나는 내 발로 한밤중의 숲길에 닿은 것이 아니었다. 그러나 그 차를 몰던 사람, 나를 숲길 앞에 버리고 간 사람은 바로 내 인생이었다.

이제 나는 손전등도, 나침반도 없이 이 숲길을 헤치고 나가야 한다. 어떻게든 길을 내야 한다. 가다 보면 누군가를 만날 수도 있다. 그 누군가는 나를 도와줄 사람일 수도 있고, 내가 도와줘야 할 사람일 수도 있고, 아니면 나를 해칠 사람일 수도 있다. 귀여운 다람쥐나 사슴을 만날 수도 있고, 곰을 만날 수도 있다. 졸졸 흐르는 냇물을 만날 수도 있고, 가다가 동이 터올 수도 있다. 나가는 길을 발견할 수도 있고, 나가지 못한 채 인생이 끝나버릴 수도 있다.

내가 가진 보잘것없는 기술을 갈고닦아야 한다고 생각했다. 학위를 따거나, 외국에 체류하거나, 집에 앉아 혼자만의 싸움을 할 수도 있다. 하지만 그보다 먼저 나만의 무언가가 있어야 한다고도 생각했다. 그러기 위해 할 수 있는 일은 세상에서 한걸음 물러서서 세상을 관찰하는 것이 아니라, 세상 속에 들어가서 세상을 관찰하는 것일지도 모른다고 생각했다. 잘못된 선택일지도 모른다. 그렇다고 해도 어쩔 수 없다. 어차피 나는 이 길에 들어섰고 다시 돌아 나갈 수는 없으니까.

결국 그렇게 해서 나는 서른여덟의 나이에 동네 뒷골목 호젓한 북 카페의 주인이 되었다. 아직 그 숲길을 빠져나간 것은 아니지만, 최소한 세상의 쓴맛도 모르는 주제에 내 글을 읽는 누군가에게 '생각한 대로 살아 보세요'라는 얼치기 같은 조언을 하지는 않게 되었다. 왜냐하면 나는 지금 세상의 쓴맛을 제대로 보고 있기 때문이다.

아무래도 잘한 일 같다.

CHAPTER 2

승리의 맥주

내일을 두려워하면서 잠들고 싶지 않다.
오늘의 할 일을 말끔하게 끝낸 후
승리의 맥주를 마시고 싶다.
남은 일이라고는 침대에 얌전히 들어가 이불을 덮고
발을 뻗은 채로 잠드는 것밖에 없다면,
그거야말로 오늘 나는 승리한 거 아닌가.

에디 히긴스를 듣는 날

나는 학교 다니기를 너무나 싫어하던, 하지만 12년 내내 개근상을 탄 평범한 학생 중의 하나였다. 이상하게도 중 · 고등학교 시절의 일은 잘 기억이 나지 않는다. 그보다 더 어릴 때, 그러니까 초등학생이던 시절이나 그 이전의 일은 그래도 기억나는 것이 많은데, 유독 그때만 그렇다. 영화 〈맨인블랙〉에서 기억을 잃어버리는 불빛 같은 걸 본 사람처럼 그때의 일은 거의 기억에 없는 것이다. 그런데 고등학교에서 들었던 수업 중 유일하게 기억에 남아 있는 수업이 하나 있다.

음악 시간이었다. 외모와 체형이 펭귄 같던 남자 음

악 선생님은 그날 이탈리아 로마인지 어딘지의 콜로세움에서 열린 오페라 〈투란도트〉의 야외 공연 실황 비디오를 틀어 주었다. 수업을 시작할 때까지만 해도 다른 아이들처럼 나 역시 숙면을 취할 채비를 하고 있었다. 그런데 잘 수가 없었다. 남쪽 바닷가 소도시에서 나고 자란 나에게 그 비디오는 충격 그 자체였던 것이다. 에로 비디오를 틀어줬어도 그 정도로 충격을 받지는 않았을 것이다(아니려나).

오페라의 내용도 (의외로) 재미있었지만, 그보다는 비디오의 처음과 끝부분, 카메라가 먼 곳에서 콜로세움을 비춰주는 장면이 압권이었다. 무대가 아니라 객석 말이다. 흰 티셔츠에 청바지를 입은 여러 가족들이 콜로세움의 객석에 앉아 집에서 싸온 샌드위치 같은 것을 먹으면서 오페라를 보고 있었던 것이다. 아, 이것이 원조란 거구나. 오페라를 야외에서, 청바지를 입고, 샌드위치를 먹으면서, 온 가족이 함께 볼 수 있는 거구나. 그래도 되는 거구나. 남쪽 바닷가 소도시에서 나고 자란 나는 그런 생각을 했다. 이런 것이 앞으로 내가 이루어야 할 행복의 모습일 거라는 느낌도 받았던 것 같다.

지금 내가 생각하는 행복은 이런 것이다. 책이 있고 커피가 있고 날씨가 좋고 실내는 쾌적하고 나는 편안한 의자에 앉아 좋은 책을 읽으며 에디 히긴스를 듣는다. 재즈를 좋아하지만 재즈에 대해서 많이 알지는 못한다. 에디 히긴스 정도면 언제 들어도 괜찮다. 귀에 거슬릴 일도 없고 다른 일을 하기에도 좋다. 마음이 차분해지기도 하고 즐거워지기도 한다. 지나치게 진지하지도 지나치게 울적하지도 않다. 나에게는 그 정도면 족하다. 그러고 앉아서 '이 정도면 성공적인 인생 아닌가' 하는 생각도 한다.

나의 부모님은 많이 배운 사람들도 아니고 내가 고등학교 때까지 냉동 피자 한 판을 사주려고 해도 몇 번을 들었다 놓았다 고민을 해야 했을 정도로 팍팍한 살림살이를 꾸려나가야 했지만, 그런 환경 속에서 기적적일 정도로 '멋'을 찾을 줄 아는 사람들이었다.

아빠의 생일날 엄마는 언제나 요리책을 보면서 직접

만든 돈가스와 수프로 식탁을 차렸다. 포크와 나이프, 하얀 식탁보, 물병에 꽂은 장미꽃 한 송이, 와인글라스도 잊지 않았다. 시골 도시에서 가뭄에 콩 나듯 열리는 문화행사에도 아이들을 꼭 데리고 가려 했고, 차도 없이 먹을 것을 잔뜩 싸서 양손에 들고 등에는 텐트를 짊어진 채로 주말마다 산으로 바다로 들로 놀러 다녔다.

아빠가 수개월에서 1년 정도 해외 근무 생활을 하고 돌아올 때마다 엄마는 아파트 1층부터 우리 집이 있는 3층까지 벽에 환영의 메시지를 달아 두었다. 가족의 생일에는 신문지를 깐 찜통에 카스텔라를 찌고 빵집에서 구해온 버터크림을 발라 케이크를 만들어 주었다. 아빠는 온 동네 사람들을 다 초대해 외국에서 찍어온 슬라이드 필름을 영사기에 넣고 벽에 비춰 보여주었다. 근처 작은 교회의 목사님이 이사를 가면서 클래식 레코드를 박스째로 버리자 그걸 주워온 아빠는 매일매일 음악에 빠져 지내기도 했다.

그래서 우리 집에 차가 없어도, 우리 집이 산 아래의 허름한 아파트라도, 고등학교 때까지 남동생과 같은 방을 써야 했어도, 엄마가 공사장에서 돌을 나르고 공장에서 냉동식품을 포장하는 일을 해야 했어도 내가 그렇게 가난한지는 모르고 자랄 수 있었다.

냉철한 현실감각을 갖는 것은 중요한 일이다. 그러나 동시에, 현실에 환상의 색채를 더하는 것도 중요한 일이라고 생각한다.

그래서 나도 1년의 구석구석 보물찾기처럼 선물 같은 계획들을 숨겨 두었다. 봄은 소풍의 시즌이다. 이 좋은 계절이 다 가기 전에 즐겨야 한다는 생각에 마음이 바쁘다. 유부초밥이나 샌드위치, 아니면 그냥 주먹밥이나 맨밥에 남은 반찬 같은 것들을 도시락통에 가득 채운다. 도시락을 쌀 때 가장 주의해야 할 것은 빈 공간이 없이 꽉꽉 채워 넣어야 한다는 거다. 그래서 도시락통은 큰 것보다는 작은 것이 차라리 낫다. 그렇지 않으면 들고 다니다 안의 내용물이 뒤섞여 버리기 때문이다.

피크닉 매트를 챙기고, 밥을 먹을 때 깔 얇은 천도 챙긴다. 크림색 바탕에 붉고 가는 줄무늬가 격자를 이루는 이 천은 신혼여행지였던 일본 유후인의 한 포목점에서 산 것이다. 나는 천을 모으는 것을 좋아하는데, 이 천은 자투리를 싸게 팔던 것으로 무늬가 마음에 들어서 샀다. 반은 잘라서 손바느질로 듬성듬성 꿰매 거실 창문 아래쪽에 밸런스 커튼으로 달아두었다. 이 천 덕분에 집 앞 골목을 지나는 사람들의 시선이 차단된다. 또 우리 집을 좀 더 따뜻해 보이게 한다.

이 천의 반은 소풍 갈 때 테이블보로 쓰기에 딱 적당하다. 얇아서 빨아도 금방 마른다. 색이나 무늬도 피크닉에 딱이다. 이 천 위에 도시락을 펼쳐놓고 먹는다. 밖에서 먹는 밥은 언제나 맛있다. 햇살과 바람, 나무 냄새, 풀 냄새가 밥에 섞이기 때문이다. 야외에서는 별다른 일을 하지 않는다. 그냥 누워서 커피나 맥주를 홀짝거리거나 책을 읽는다. 아이들과 공을 차기도 한다.

여름에 해수욕장에 가지 않은 지도 꽤 됐다. 가봤자 교통체증이나 높은 물가, 엄청난 인파에 시달릴 것이 빤하기 때문이다. 다행히 우리 아이들은 돌아다니는 걸 별로 좋아하지 않는다. 그래서 우리는 슬슬 걸어 동네에 있는 시립 야외 수영장에 간다. 여기도 방학이나 주말은 미어터지기 때문에 그럴 때는 근처 계곡으로 간다. 이곳은 무료다.

가을이면 자라섬에서 열리는 재즈 페스티벌에 간다. 나에게 이건 진정 '럭셔리'한 일이다. 누군가가 샤넬의 백을 사거나, 특급 호텔에서 휴가를 보내는 거나 마찬가지의 일이다. 3일이건, 4일이건 잔디밭에 눕거나 앉아서 각국의 아티스트들이 연주하는 재즈 음악을 듣는다. 아니, 듣기보다는 흠뻑 젖는다. 딴 생각을 하기도 하고, 책을 읽기도 하고, 뭘 먹기도 하고, 잠을 자기도 한다. 그런 것이 너무나 마음에 든다. 눈을 부릅뜨고 집중해야 할 것 같은 클래식 음악 연주회나, 어쩐지 열광하지 않으면 안 될 것 같은 록 페스티벌과는 다르다.

그럴 때면 내가 마치 이탈리아의 콜로세움에서 〈투란도트〉를 보던 한 무리의 이탈리아인 가족을 꾸린 기분이 든다. 길다고 하면 긴 세월과 이런저런 일들을 겪으며 나는 내가 동경하던 행복의 세계로 들어왔다. 뭐,

이 정도면 성공적인 인생이 아닌가 싶다.

이렇게 쓰고 나니 갑자기 인생은 자기 합리화의 과정이라고 했던 누군가의 말이 떠오른다.

원피스 수영복 철학

남들은 어떤지 모르겠지만, 나는 스무 살 때로 결코 돌아가고 싶지 않다. 도대체 왜 그 나이로 돌아가고 싶은 걸까? 스무 살 때 그 사람에게는 즐거운 일들만 일어났던 걸까? 나는 전혀 그렇지 않았다.

내 스무 살은 김애란의 단편 〈너의 여름은 어떠니〉에 나오는 스무 살과 흡사했다. 숨은 그림 찾아내듯 누군가 나를 발견하고, 내 이마에 크고 시원한 동그라미를 그려주길 바라는 상태. 내가 누군가에게 그려주는 것이 아니라, 누군가가 그래주기를 하염없이 기다리는 기분. 매우 수동적이고 또 대책 없는 기분.

그래서 나는 나이 먹은 내가 썩 마음에 든다. 이제 나는 어떤 남자에게도 도도할 수 있다. 단 한 번도 그래본 적이 없는데, 결혼을 하고 난 후에야 도도한 여자가 될 수 있었다. 정말 신나는 일이다. 이를테면 결혼하지 않은 남자들 중에 자기가 썩 매력적이라고 생각하는 듯한 남자들이 있다. '너 정도면 쉽게 넘어오게 할 수 있어'라는 식의 의기양양한 태도를 보이는 남자들 말이다. 예전에는 그걸 빤히 알면서도 넘어갔다. 나도 남자가 궁했으니까.

지금은 안 그래도 된다는 게 너무 좋다. 하루 종일 굶어서 당이 떨어진 채로 마트에 들어가면 입구에서부터 야수처럼 먹을 것들을 쓸어 담게 되지만, 배가 부를 때는 새 모이처럼 먹는 여자인 듯 도도하게 쇼핑할 수 있는 것과 같다.

·

반대로 나이가 들어 나빠진 거라면, 뱃살이 좀처럼 빠지지 않는 것이다. 전에는 배가 터지게 먹고 잠들어도 아침이면 납작해졌는데 지금은 늘 배가 산처럼 불러 있다. 아무리 생각해도 어젯밤에 먹은 게 없는데 말이다(하지만 좀 더 생각해 보면 내가 잠들기 전 마시는 맥주 한 캔이나 포도 한 송이, 오징어땅콩 한 봉지는 '먹은 것'으로 치지 않는다는 사실을 깨닫게 된다). 다크서클도 만만치 않다. 아이라인이 번진 줄 알고 아무리 문질러도 지워지지 않는다. 시력이 조금씩 나빠진다. 먹고 나서 20분만 지나면 배가 고파 죽을 지경인데 소화는 좀처럼 되지 않는다. 이러다 언제 죽을지도 모른다는 공포감이 밀려든다. 그 정도다.

그럼에도 모든 것은 예전보다 명확하다. 시력은 나빠져도 사리 분별은 예전보다 잘 된다. 상대적이다. 내가 예전에 개차반 같은 인간이었기 때문에 나아졌다는 거지, 지금도 크게 사리 분별이 잘 된다고 보기에는 뭣하다. 배가 나온 만큼 배짱도 생긴 걸까.

나이 들어 가장 좋은 것은 이제 더 이상 누군가에게 잘 보이기 위해 기를 쓸 필요가 없다는 것이다. 남들이 날 어떻게 생각할지 전전긍긍할 이유도 줄었다. 물론 지금도 남들에게 잘 보이고 싶고, 날 어떻게 생각할지 몰라 괴로워할 때도 있다. 하지만 예전처럼 필사적인 기분은 아니다. 왜냐하면 나에게는 남편이 있고 애들도 있기 때문이다. 그리고 그들은 있는 그대로의 날 좋아하고 사랑해 주기 때문이다. 최소한 아직까지는 말이다.

얼마 전에 동네에 있는 시립 야외 수영장에 갔더니, 아이들을 데리고 온 동네 아줌마들이 약속이라도 한 것처럼 죄다 평상복을 입고 물에 들어가 있었다. 수영복을 입고 온 나는 불편한 마음이 들었다. 나도 그들과 똑같은 옷차림을 하고 싶었다. 그러면 오히려 자유로워질 터이므로. 남의 눈에 띌 걱정 없이 편하게 놀다 올 수 있으므로. 나는 그냥 아줌마가 될 터이므로. 설령 그게 내가 원하는 모습이 아니라고 해도.

황현산의 『밤이 선생이다』에서는 수영장에 다녀온 딸이 그에게 들려준 이야기가 나온다. 수영복을 입고 화장을 하지 않고 머리를 가린 중년 여성들은 제각기 개성이 있는 '여자'로 보이는데, 옷을 갈아입고 화장을 하고 머리를 매만진 후 수영장을 빠져나갈 때는 하나같이 똑같은 '아줌마'처럼 보인다는 것이다. 아줌마는 아줌마라는 탈을 쓰고 여자가 아닌 아줌마가 된다.

그러나 황현산은 그 아줌마의 탈을 쓰고 우리의 중년 여성들이 보통 여자들은 할 수 없는 많은 일들을 해냈다며 그 탈을 옹호한다. 아줌마의 탈이 있었기에 그들은 시장에 나가 좌판을 벌리고 행상을 다니고 남의 집 일을 하며 억척스럽게 자식들을 먹이고 입히고 교육시킬 수 있었다는 것이다. 그들을 강하게 만들어준 것은 바로 그 아줌마의 탈이었다. 마치 슈퍼맨이나 배트맨의 슈트처럼.

그러나 그런 것 때문에 얼마나 많은 일들이 일어났는지를 생각하면 가슴이 서늘해진다. 제복을 입은 채 죄 없는 사람들을 잔혹하게 살해하고 탄압한 사람들. 나치 점령 치하의 독일을 상상해 보라. 많은 사람들이 아우슈비츠 같은 곳에서 정확히 무슨 일이 일어나고 있는지 몰랐다고 한다. 간토 대지진 때 조선인들이 우물물에 독을 탔다는 헛소문을 퍼뜨리며 살인을 저질렀던 사람들은 또 어떤가. 그들은 안전한 탈을 쓰고 남들이 가리키는 방향 쪽으로 걸었을 것이다. 그러면 눈에 띄지도 않고, 문제를 만들지도 않고, 편하게 살 수 있으니까. 그리고 지금도 그런 일들이 세계 곳곳에서 빈번하게 일어나고 있다. 너무 거창한가? 너무 비약이 심한가?

아무튼 내가 원하는 수영 차림은 그런 게 아니다. 나는 나이가 들어도 수영복을 입고 수영을 하고 싶다. 헐렁한 티셔츠에 펑퍼짐한 반바지가 아니라. 그렇다고 비키니를 원하는 건 아니다. 어차피 배가 너무 나와서 비키니를 입고 다닐 용기까지는 없다. 그냥 예쁘고 우아하고 약간은 섹시하기도 한 원피스 수영복이면 족하다. 그런 수영복은 비쩍 마른 20대보다는, 적당히 살집도 있고 몸의 선이 부드러워진 나이 든 여자에게 더 잘 어울리니까.

그런 수영복에 셔츠나 얇은 스웨터 한 장을 걸치면 족하다. 거기에 선글라스를 쓰거나 밀짚모자를 쓰면 된다. 내가 원하는 건 죄라도 지은 것처럼 온몸을 가리는 게 아니다. 상황에 맞는 차림을 하는 것이다.

피해는 주지 않되, 눈치는 보지 말자. 요즘 많이 생각하는 말이다. 이러다가는 내가 좋아하는 대로, 내가 바라는 대로, 내가 생각하고 원하는 대로가 아니라, 남들과 다르지 않게 사는 것을 목표로 삼게 될지도 모른다. 고작 목표가 '남과 다르지 않게', '너무 튀지 않게'라니, 너무 슬픈 일이다. 아무리 생각해도 그건 목표로 삼을 만한 일은 아니다.

그러니까 배가 나와도, 가슴이 처져도 수영복을 입을 것이다. 수영복만 입을 것이다. 별다른 이유는 없다. 그저 그게 내가 좋아하는 것이기 때문이다.

내 좋은 친구들에게

M. 너는 나에게 수년간 빵 만드는 것을 배워 볼까 생각 중이라고 말했었지. 나는 이제껏 그런 너를 응원해 마지않았고. 하지만 내 생각은 좀 달라졌어.

나는 네게 말했지. 만약에 빵을 정말로 굽고 싶었다면 너에게는 그럴 수 있는 수많은 기회들이 있었다고. 너는 이사를 하면서 작은 오븐도 하나 샀고 너에게는 시간이 아주 많을 때도 있었고 지금보다 돈을 잘 벌던 때도 있었지. 그리고 사실 밀가루와 이스트를 사는 것은 현대 사회에서 가장 돈이 덜 드는 일에 가까워. 또 인터넷을 뒤져 빵 만드는 레시피를 검색하는 것 또한 현대 사회에서 가장 힘이 덜 드는 일에 가깝지.

하지만 너는 그러지 않았어. 너는 그 기회를 잡지 않았어. 그렇다고 너를 비난하는 건 아니야. 그저 너에게는 그 정도로 빵을 만드는 일에 대한 열정이 없었던 거지. 그게 비난받을 만한 일은 아니잖아? 우리가 모든 걸 다 할 수는 없으니까 말이야.

S. 너는 나에게 글을 써보려 한다고 말했었지. 아마 지난 십몇 년 간 너는 그 이야기를 해왔을 거야. 그리고 이제 비로소 제대로 써보려 한다고 말했었지. 그러기 위해서 돈을 버는 일조차 하지 않겠다고 말했어. 그런 일을 하게 되면 글을 쓰지 않을 핑계가 생길 것 같다고.

네가 정말로 글을 쓰고 싶었다면 너에게는 글을 쓸 많은 기회들이 있었어. 하지만 너는 그러지 않았지.

S. 나이가 들면서 재능에 대한 내 생각은 많이 달라졌어. 재능은 손만 대도 빵의 온도를 느낄 수 있는 게 아냐. 재능은 펜만 들면 아름다운 문장을 빵처럼 구워내는 것도 아니고. 재능은 손만 대도 빵의 온도를 느낄 수

있을 단계에 이를 때까지, 지치지 않고 연습하고 노력하는 것을 뜻한다고 생각해. 그리고 그것을 누가 시켜서가 아니라 단지 스스로 원해서 하는 것이겠지.

펜만 들면 아름다운 문장이 빵처럼 구워진다고? 그런 사람이 정말로 존재하기나 하는 걸까? 이 세상의 작가들은 모두 온갖 유혹과 괴로움과 게으름을 떨치고 일어나 책상 앞에 앉아서 펜을 들 수 있는 불굴의 의지력을 가진 사람들이야. 그리고 원하는 결과를 얻을 때까지 쓰고 또 쓸 수 있는 사람들, 엉덩이가 지독하게 무거운 사람들이라고.

너에게 세상 사람들이 말하는 그런 재능이 있느냐고 하면, 있다고도 할 수 있어. 하지만 진짜 재능은 그런 것이 아니기에 나는 너에게 재능이 없다고 생각해. 미안해. 하지만 우린 "뭐든 해봐. 잘될 거야."라고 말해 주기엔 너무 나이가 들었잖니?

사실은 M과 S. 나도 그런 것에 대해 많이 생각해. 무엇을 해야 할까? 나에겐 어떤 재능이 있는 걸까? 과연 재능이란 게 있긴 한 걸까? 20대에는 정말 몰랐지. 내가 마흔을 코앞에 두고도 이런 걸로 고민하고 있을 줄은.

할 수만 있다면 정말 좋을 것 같았던 그 일들은, 실제로 하게 되었을 때 별로 좋지 않았어. 결국 내 인생은 이것저것 들쑤시기만 하다가 이대로 끝나는 걸까, 하는 생각에 우울해지는 적도 많지.

M과 S. 우리는 사실 별로 잘하는 것이 없는 인간들인지도 몰라. 우리는 대단한 일을 할 수도 없을 거고, 대단한 사람이 될 수도 없을 거야. 그래서 순간순간 주어진 것에 최선을 다하면서 살아갈 수밖에 없는 거야.

그래, 그거야. 우리는 순간순간에 최선을 다해야 해. 일할 기회가 생겼다면 최선을 다해 일해야 하고, 놀 기회가 생겼다면 최선을 다해 놀아야 하고, 배울 기회가 생겼다면 최선을 다해 배워야 해. 그리고 다른 것들은 생각하지 않는 걸로. 그 다른 것들, 우리가 이룰 수 있다고 믿었지만 이루지 못한 것들에 대해서는 더 이상 생각하지 않는 걸로. 이룰 수 있었다면 언제든 우리는 이루었을 테니까.

쉽지는 않은 일이지. 나도 알아.

후기

M은 드디어 빵 만들기를 배우고 있다. 그 애가 자기 힘으로 구운 빵을 한 봉지 가득 가져와서 빵 만들기가 얼마나 재미있는지 이야기했을 때, 나는 정말로 기뻤다. 나는 그 애와 무려 38년이나 최고로 친한 친구이기 때문이다. 그 애가 그 정도로 열정적인 것을 처음 보았기 때문이다. 언젠가 둘이서 정답게 빵을 구울 날을 고대한다.

S는 여전히 글을 쓰지 않고 있다. 하지만 S는 예전이나 지금이나 변함없이 다정한 친구다. 나는 S와 아마도 평생을 함께 하리라 생각한다. 다들 아시겠지만, 그 정도로 믿을 만한 친구를 갖는 건 쉬운 일이 아니다.

가난 동경

1월이었나, 2월이었나. 몹시 추운 날 친구가 사는 연남동에 놀러 갔다. 오래된 돼지국밥집에서 부추를 잔뜩 얹은 뜨끈한 돼지국밥을 후후 불어 국물까지 남김없이 먹고 딸기 생크림 케이크가 맛있다는 카페에 가기 위해 길을 걷던 중이었다. 어떤 가게 앞에 '가져가세요'라고 쓴 종이가 붙어 있고 아래에 상자 하나가 놓여 있었다.

공짜라면 시체가 누워 있었을지 모를 버려진 매트리스에도 눈을 번뜩이는 나는 박스에 든 것이 무엇인지 확인하기 위해 다가갔다. 그것은 여러 개의 비닐봉지에 담긴 생강 찌꺼기였다. 그 가게는 쿠킹 스튜디오로, 생강과 설탕을 섞어 즙을 짜내 요리에 쓰고 난 후 찌꺼기를 상자에 넣어둔 것이었다. 벽에 붙은 종이에는 생강 찌꺼기의 출처에서부터 고기를 재울 때 쓰거나 생강차를 끓여 마셔도 좋다는 친절한 설명에, 냉동 보관했다가 필요할 때마다 꺼내 써도 좋다는 세심한 팁까지 붙어 있었다.

원래 생강을 좋아하는 나는 한 봉지를 챙기고 친구에게도 한 봉지 건넸다. 집에 와서 냉동실에 두었다가 까맣게 잊어버렸다. 3개월이 지난 오늘 아침에야 문득 생각이 나서 꺼내 뜨거운 물을 부어 마셔 보았다.

맛.있.었.다.

자신에게는 필요 없지만 남에게는 필요할지도 모를 물건을 나눌 줄 아는 그 주인의 마음 씀씀이 덕분에 더 맛있었다. 비싼 돈을 주고 산 것이 아니라 공짜로 얻은 찌꺼기로 이렇게 좋은 맛을 내는 차를 마실 수 있었기에 더 맛있었다. 기쁨이나 행복은 반드시 돈을 주고 받는 데서만 오는 것이 아닐 수 있다는 사실을 확인한 것 같아 가슴이 두근거렸다. 어릴 적 땅을 파며 놀다가 누군가가 오래전에 숨겨둔 반짝이는 구슬을 발견한 것 같은 기분이라고나 할까.

나는 가난한 사람들의 이야기를 좋아한다. 남이 가난했던 시절을 이야기하는 것도 좋고, 내가 가난했던 때를 떠올리는 것도 좋고, 내가 가난해지는 상상을 하는 것도 좋아한다.

어릴 때부터 그랬다. 이를테면 밥도 굶을 정도로 가난해지면 이렇게 해야지, 저렇게 해야지 같은 것들을 끝도 없이 상상했다. 넉넉한 형편도 아니었지만 밥을 굶거나 공부를 못할 환경도 아니었는데 대체 왜 그런 상상에 빠져 있었는지 모르겠다. 어쩌면 나는 최악의 상황을 좋아하는 사람인지도 모른다.

어릴 때 아빠의 책장에 꽂혀 있던 책 중 한 권이 기억난다. 캄보디아 남자와 결혼한 일본 여자가 킬링필드 대학살 때 가족과 함께 피난을 다니면서 겪은 일을 쓴 수기였다. 나는 그 책을 정말정말 좋아했다. 어린 여자애가 좋아할 책은 아무래도 아니었지만, 그래도 나는 그 책이 좋았다. 아마 다섯 번도 더 읽었을 것이다.

그 일본 여자는 남편의 전처가 낳은 아이들과도 친하게 지냈는데, 그 아이들은 피난 도중 하나둘씩 굶어 죽거나 병에 걸려 죽었다. 그녀는 날짜순으로 이 날은 누가 죽었다, 저 날은 또 누가 죽었다고 담담하게 썼다. 또 피난 도중 먹은 음식들에 대해서도 상세하게 썼다. 그중 가장 기억에 남는 것은 물고기와 소금 한 그릇을 교환해 그날은 소금을 친 아주 맛있는 요리를 해 먹었다는 이야기였다. 나는 소금이 그렇게 중요한 것인지를 그때 처음 알았다.

그런데 지금 다시 그 책의 내용을 떠올려 보면, 내가 가난이라는 것에 대해 품은 순진한 환상이 드러난다. 내가 동경하는 가난은 '나무껍질을 긁어먹고 피똥을 쌌다'는 식의 가난이 아니다. 가난 때문에 인생을 비관한다거나 '그 시절 좋은 추억이라고는 하나도 없었다'라고 무감각하게 회상하는 것도 아니다. 내가 동경하는 가난은 가난함에도 불구하고 지킬 것을 지키려는 가난이다. 품위를 잃지 않으려는 가난이다. 극한의 상황 속에서도 소금을 친 음식을 만들어 주고 싶은 마음 같은 것. 하루 종일 세탁공장에서 구더기가 나오는 식당 테이블보를 빨고 돌아와 비좁은 부엌에서 타이프라이터를 무릎 위에 올려놓고 글을 썼다는 스티븐 킹의 어쩐지 낭만적인 회상 같은 것. 전래동화에나 나올 것 같은 가난, 더할 것도 뺄 것도 없는 단순한 가난이다. 그러니까 이것은 실제의 가난이라기보다는 상징적인 의미의 가난일 것이다.

나에게 가난의 이미지란 이런 것이다. 추운 방에서 스웨터를 껴입고 뜨거운 차를 홀짝이는 여자. 골목 어귀에 쪼그리고 앉아 달빛을 감상하는 사람들. 낡은 코트 속에 소주 큰 병을 감춰들고 함박웃음을 지으며 방으로 들어오는 남자, 그리고 그의 양말에 난 구멍. 매일 스카프를 매고 집에서 가져온 차를 마시며 공공 도서관에서 책을 읽는다는 멋쟁이 할머니.

그런 것이 진정한 가난은 아닐 것이다. 진정한 가난과 거짓 가난이 있는지는 잘 모르겠지만, 진정한 가난은 자력으로는 도저히 헤어나올 수 없는 고통스러운 매일매일을 의미할 것이다. 내가 품은 건 역시 환상이다. 돈을 펑펑 쓸 수 있다는 건 멋진 일이다. 돈 걱정 안 하고 살 수만 있다면 그런 행운을 누가 마다하겠는가.

하지만 나는 가난에 대한 동경을 떨쳐 버리지 못하겠다. 그 가난은 기댈 데라곤 없는 가난이 아니다. 최소한 굶어죽지는 않을 거라는 확신은 있어야 한다. 그래야 가난은 일종의 호사가 될 수 있다.

아이들이 여기저기서 받아온 크레파스, 사인펜, 색연필이 열 개도 넘었다. 아, 이건 좀 심하다. 아이들은 물건을 아낄 줄 모른다. 아낄 줄 모르는 마음은 자꾸만 새 것을 찾게 만든다. 무얼 얻어내도 기쁘지가 않다. 귀한 것이 없기 때문이다. 아끼지 않아서가 아니라, 무엇이든 귀하게 여기는 마음 없이 살아가는 것이 안타까워 나는 딱 필요한 만큼의 크레파스만 내놓고 나머지는 서랍 속에 감춰둔다. 이 크레파스들은 쓰던 것을 다 썼을 때 하나씩 다시 꺼낼 수도 있고, 어딘가에 기부할 수도 있을 것이다.

가난하게 살기 위해 냉장고를 더 큰 것으로 장만하지 않았다. 먹을 만큼만 사고 먹을 만큼만 보관한다. 먹을 것이 떨어져 장을 보러 가기 전에는 일단 냉장고 안에 있는 식재료들로 어떻게든 만들어 보려고 애쓴다. 놀이공원보다는 그냥 공원으로 소풍을 더 자주 간다. 새 옷을 사고 싶을 때는 우선 있는 옷으로 꾸며본다.

누군가는 쓰레기라고 생각할 수도 있을 생강 찌꺼기를 하나하나 포장해서 이웃들을 위해 내어둔 사람은 가슴속에 가난을 품은 사람일 것이다. 그래서 다른 사람의 가난에도 마음이 쓰였을 것이다.

모든 사람이 가슴속에 가난을 품고 있었으면 좋겠다. 그렇다면 우리는 좀 더 다정해지고 좀 더 담백해질 수 있을 것이다. 다시 말해 좀 더 인간적인 사람이 될 수 있을 것이다.

봄밤과 같은 동네 친구

동네에 친구가 생겼다. 나 같은 인생의 총체적 왕따에게 동네 친구가 생긴다는 것은 거의 기적과도 같은 일이다.

고향을 떠나 서울에 와서 살기 시작한 이후로 동네 친구를 사귄 적은 한 번도 없다. 그러고 싶지 않아서가 아니다. 나도 동네 친구를 바란다. 어쩌다 가뭄에 콩 나듯 만나는 친구들 말고, 얼굴은 가물가물하지만 카톡으로 생사를 확인하는 친구들 말고, 아예 얼굴도 모르고 서로 좋은 말밖에 해줄 말이 없는 온라인 친구들 말고, 진짜 동네 친구를 원한다. 우리 집 담벼락 너머에서 내 이름을 부르고, 나는 또 창문을 열어 화답을 하고, 구멍가게 가는 길에 우연히 마주쳐 서로의 민낯을 부끄러워하고, "오늘 점심은 우리 집에서!", "오늘 저녁엔 술이나 한잔!"하고 외칠 수 있는, 그래도 불편하지 않은 동네 친구를 사귀고 싶다.

하지만 나는 낯가림이 심하고 쑥스러움을 많이 타고 누굴 사귀는 데 서툰 사람이다. 언제쯤 그 사람의 전화번호를 물어야 할지, 전화번호를 물었으면 언제 그 사람에게 전화를 걸어야 할지, 전화를 걸어서는 또 뭐라고 말을 해야 할지, 다시 만난 후에는 또 뭐라고 말을 건네야 할지, 그다음엔 또 언제 만나야 할지, 그런 것들이 나에게는 연말정산이나 세금 환급 체계만큼이나 이해 불가능의 영역에 있다. 우정의 불발탄이 허공에서 힘없이 추락하는 과정에서 생긴 내 인생의 웃기고 슬픈 에피소드만 모아도 시트콤 한 회 정도는 뚝딱 만들 수 있을 것 같다. 세상의 모든 물체는 서로 끌어당긴다는데, 만유인력의 법칙은 나에게만 통하지 않는 것 같다. 쓸쓸하다.

그런 내게도 친구가 생겼다. 드디어. 학교에서 만난 것도 직장에서 만난 것도 아닌, 그냥 동네에서 오다가다 만난 친구. 우리는 수줍은 탐색전을 거쳐서 1년쯤 지난 후 문자도 보내고, 밤에 산책도 함께 하고, 동네 호프집에서 맥주도 한잔 마시고, 낮에 커피를 마시며 수다도 떨고, 휴일에 서울로 놀러 가기도 하는 친구가 되었다. 극장에도 같이 갔고, 쇼핑도 같이 해봤고, 지하철도 같이 타봤고, 캠핑도 같이 갈 예정이다. 정말 신난다.

이렇게 쓰고 나니 연애라도 하는 사람 같아 마음이 착잡해진다. 사실 우린 둘 다 가정이 있는 여자들이다.

우리는 이야기를 자주 한다. 우리가 나누는 이야기는 대개 시시껄렁한 것들이다. 나는 누구 못지않게 개드립을 좋아하는 여자이기 때문이다. 내 나이 38세, 이렇게 개드립이나 치면서 살고 있을 줄 예전에는 꿈에도 몰랐다. 난생처음 간 파리 여행에서도 대학 동창과 개드립 퍼레이드를 벌이며 낄낄대다 못해 침을 질질 흘리고 돌아다니다가 소매치기를 당할 뻔했었다. 아무튼 그런 식으로 개드립을 치다가도 종종 우리는 인생에 대해서 이야기한다.

이를테면 어떻게 살아야 할지, 아이들은 어떻게 키워야 할지, 세상은 어떻게 되어야 할지, 세상에서 나의 역할은 무엇인지, 나이가 드는 건 어떤 것인지, 나이가 들면 어떤 사람이 되어야 할지 같은 이야기들이다. 그런 이야기를 진지하게 들어주는 상대가 있다는 건 좋은 일이다. 그러면서 답도 없는 이야기가 끝도 없는 미궁 속으로 빠지지 않도록 시답잖은 농담으로 마무리해 주는 친구가 있다는 건 멋진 일이다.

동네에 친구가 있다는 것은 봄밤의 산책과 비슷한 것 같다. 어둠은 포근하고 뺨에 닿는 공기는 따뜻하다. 가만히 귀를 기울이면 식물들이 온 힘을 다해 자라거나 땅 밑의 곤충들이 분주하게 봄의 일을 준비하는 소리가 들려오는 것만 같다. 냉담했던 적막함은 사려 깊은 고요함으로 바뀐다. 세상 모든 것들이 나에게 호의를 품은 것처럼 느껴진다.

나는 안다. 봄밤을 즐길 수 있는 것은 야속할 정도로 춥고 긴 겨울을 지나왔기 때문이라는 것을. 동네 친구 때문에 설레는 마음도 마찬가지다.

회사에서 배운 것

회사에 다닐 때의 나는 항상 불행했다. 아니, 불행하다고 생각했다.

5년 동안 마감 전쟁을 치렀다. 늘 내가 알고 싶지도 않은 모르는 사람들에게 전화를 걸어서 무언가를 부탁해야 했다. 스튜디오에서 화보 촬영을 하던 날, 모델로 온 남자 배우에게 직업적 친절로 무장한 미소를 띤 채 이런저런 주문을 하는 나 자신에게 자괴감이 느껴지기도 했다. 어느 순간 나는 그를 말하고 움직이는 마네킹처럼 여기고 있었기 때문이다. 내게 그 사람 자체는 아무런 의미도 없었다. 그저 그의 기분을 거슬리지 않고 정해진 시간 내에 좋은 결과를 내기만 하면 그만이었다. 그가 화분이나 고양이라고 해도 달라지지 않을 일이었다. 매번 직업적으로 사람을 만날 때마다 그런 느낌이 들었다.

비싼 밥을 먹어도 별로 맛있게 느껴지지가 않았다. 스타벅스에 가서 커피를 주문하고 습관적으로 다디단 케이크를 주문한 뒤에 반이나 남기고 나와도 아무렇지 않았다(지금은 있을 수 없는 일이다). 마감을 치르고 난 뒤에는 나 자신에게 주는 선물로 쇼핑을 왕창 했다. 그러고 나면 기분이 좀 풀렸다. 내가 사고 싶은 물건을 내가 번 돈으로 산다는 쾌감은 무시할 것이 못 됐다. 아니, 그 정도면 현대 사회를 살아가며 인간이 누릴 수 있는 가장 소박한 형태의 즐거움에 가까웠다.

그럼에도 별로 좋지 않았다. 행복하지 않았느냐고 물으면 행복하지 않았다고 답할 수도 있다. 하지만 나는 행복이라는 단어를 너무 쉽게, 자주 쓰는 것을 경계한다. 늘 하는 생각이지만 행복은 우리가 추구할 수 있는 것도 아니고 목표로 삼을 만한 것도 아니다. 행복은 살다 보면 우연히 떨어지는 보너스 같은 것이다. 행복을 지나치게 의식하면 오히려 불행해지는 것이 아닐까 하는 생각도 든다.

하지만 나는 분명 그때 행복이라는 것을 지나치게 의식하고 있었다. 회사에 나오면 집에 가고 싶었다. 한 끼에 만 원이 넘는 식사를 해도 그냥 집에 가서 국에 밥이나 말아먹고 싶었다. 전화 거는 것도 전화 받는 것도 지겨웠다. 낯선 사람을 만나는 것이 가장 힘들었다. 그들과 맺는 피상적인 관계가 나를 시들게 한다는 생각까지 들었다. 쓰고 싶지 않은 글을 쓰는 것도 싫었다.

집에 가도 미처 하지 못한 일들은 널려 있었고, 아침이면 탈출이라도 하듯 집을 뛰쳐나와 통근 전철에 올랐다. 날씨가 이렇게 좋은데 일터로 가야 하는 사람들의 얼굴은 나처럼 어두웠다. 하루 종일 더운지 추운지 해가 뜨는지 비가 오는지 바람이 부는지도 모르고 살았다. 마감이면 며칠씩 잠을 못 잤다. 결혼을 하고 나자 그것은 더 큰 문제가 되었다. 하루 종일 아이의 얼굴과 목소리가 떠올랐다. 집에 돌아가는 내내 속으로 되뇌었다.

'기다려. 엄마가 간다.'

그래서 그만두었다. 쉽지는 않았다. 그만두겠다고 말하는 그날 아침까지 생각을 바꿔야 하는 건 아닐까 고민했다. 실수하는 것일지도 모른다고도 생각했다. 하지만 어쩔 수가 없었다. 나는 더 버틸 수가 없었다. 어떻게든 되겠지, 라고 믿을 수밖에는.

손수 지은 밥을 먹고 싶었다. 일에 쫓기며 살고 싶지 않았다. 마당이 있는 집에서 살아보고 싶기도 했다. 식물도 좀 키우고 가능하면 텃밭 농사 같은 것도 짓고 싶었다. 아이와 함께 한낮의 산책도 하고 싶었다. 남의 일을 죽도록 하는 대신, 내 일을 열심히 해보고 싶었다. 월급이 사라지는 것은 정말로 아쉬운 일이었지만 아껴서 쓰면 어떻게든 될 거라고 생각했다. 나는 행복해지고 싶었다. 행복은 회사에는 없었다.

그런데 재미있었던 사실은, 일을 그만둔다고 인생이 천국처럼 변하지는 않았다는 사실이다. 당연한 것을 그때는 몰랐다. 나는 몇 주 만에 내 선택을 후회하기 시작했다. 회사를 다니지 않는 시간은 심각할 정도로 느리게 갔다. 한낮의 주택가에 감도는 그 적막하고 갑갑한 공기는 목을 조였다. 나는 공원 벤치에 앉아 울고 웃고 뛰는 아이를 맥이 빠진 얼굴로 쳐다보는 수많은 젊은 엄마들 중의 하나가 되어 있었다. 아이의 에너지는 내가 감당할 수가 없을 정도였다.

게다가 아이를 키우고 집안일을 하는 데는 출근도 퇴근도 없었다. 스케줄도 없고 칭찬도 없었다. 짬날 때마다 동료들과 떨던 수다도 없었다. 일을 마무리한 후 느껴지는 성취감도 없었다. 무엇보다 내가 열심히 한다고 나아지는 게 거의 없었다. 그제야 나는 돈을 벌기 위해서만 일을 한 게 아니었다는 걸 깨달았다. 그제야.

회사에 다니지 않고, 나의 시간을 나의 의지대로 꾸린다는 것은 상상만 할 때는 멋져 보이지만 실제로 해보면 그렇지만은 않다. 회사에 다닐 때보다 몇 배는 더 힘들다. 정해진 마감 없이 일을 마무리하기 위해서는 거의 초인적인 자제력과 자발적 성실성이 필요하다.

사실 내가 살아가면서 배운 것들은 다 회사에서 배운 것이다. 세상에는 하기 싫어도 해야 할 일이 있다는 걸 배웠다. 사람들은 제각기 먹고 살기 위해 힘겨운 투쟁을 계속하고 있다는 것도 배웠다. 겉보기에 화려한 것들이 실제로는 그렇게 화려하지 않다는 것도 배웠다. 타협을 하고, 날짜를 맞추고, 비난과 지적을 가슴에 품지 않고, 칭찬을 받아들이고, 한계를 넘는 법도 배웠다.

회사에 다니지 않았다면 아마 나는 지금보다 훨씬 더 오만방자한 인간이 되었을 것이다.

여전히 나는 회사에 다니지는 않는다. 하지만 이런저런 일들을 하면서 조금이나마 돈을 벌고는 있다. 멀쩡한 회사에 잘 다니는 주변 사람들이 회사를 그만두어야 할지, 계속 다녀야 할지 고민이라는 이야기를 한다. 나는 잘 모르겠다. 다시 회사에 돌아갈 수도 있을 것 같고 못 다닐 것 같기도 하다. 회사를 나온 것이 잘한 일 같기도 하고 아닌 것 같기도 하다.

다만 확실한 것은 나이가 들수록 점점 더 일하면서

늙은 여자들을 존경하게 된다는 것이다. 그 여자들이 일을 통해 얻은 무거운 책임감과 좌절감과 자괴감과 비애감을 존경한다. 그런 것을 겪지 않고 살 수 있다면 얼마나 좋을까? 하지만 그런 것이 빠진 인생을 상상할 수가 없다.

회사에 다니지 않았더라면 결코 알지 못했을 일이다.

샹젤리제에서 춤에 은퇴했다

나는 원래 몸치다. 운동도 못한다. 춤도 못 춘다.

내가 대학생이던 시절, 그때는 홍대 클럽 문화가 폭발하던 시기였다. 클럽데이라는 것이 생긴 게 바로 그 시절이었다. 일렉트로닉 음악이 인기였다. 클럽 웨어라는 것이 유행을 하기도 했다.

어느 날 밤, 우리도 좀 쌔끈하게 살아보자며 친구와 함께 용기를 내어 홍대로 향했다. 유명하다는 힙합 클럽 마스터플랜을 찾아 헤매고 다녔다. 스마트폰 지도 앱 같은 것도 없던 시절이라, 도대체 그 클럽이 어디 있는지 찾을 수가 없었다. 그러다 홍대 주차장 골목까지 흘러들었다. 한 건물 앞에 사람들이 몰려 있었다. 초봄에 소매도 없는 옷을 입은, 땀에 젖은, 어쩐지 세련되고 또 어쩐지 자유로워 보이는 사람들. 우리는 음악 소리가 고막을 찢을 것 같은 지하로 들어갔다. 신세계가 펼쳐졌다. 그곳이 클럽이었다.

그곳에서 우리는 신나게 춤을 췄다. 이렇게 하면 구질구질한 내가 떨어져 버리기라도 할 것처럼 춤을 췄다. 등에 붙은 귀신을 떨쳐내기라도 하듯 춤을 췄다. 이런 내가 자유롭지 않은가, 하고 생각도 했다. 웃기는 생각이었다.

나이를 먹고, 아이를 낳고, 평범하고 착실하게 늙어가다 보면 나를 피해 자꾸만 다른 곳으로 달아나려는 내 그림자를 동화 속의 피터 팬이 그랬던 것처럼 다리미로 잘 붙인 것 같은 기분이 든다. 나를 증명해 보여야 할 것 같은 강박감도 나를 바꿔야 할 것 같은 초조함도 점점 사라진다. 그래서 아주머니들은 뱃살이 올록볼록한 채로 거리를 활보할 수 있고, 아저씨들은 아무 데서

나 트림을 하고 방귀를 뀔 수 있는지도 모른다. 나이 듦의 나쁜 점이다.

그러다 보니 춤을 추고 싶지 않아졌다. 춤을 춰야 할 필요를 느끼지 못하게 되었다. 아니, 잘못 말했다. 어릴 때 내가 클럽에서 추던 것은 춤이 아니라 몸짓이었다. 제스처 같은 것이었다. '나는 이런 사람이야'라는 제스처. 나는 여기서 무표정하게 춤을 추는 사람이야. 나는 자유로운 사람이야. 나는 세련된 사람이야. 나는 멋진 사람이야. 나는 뭔가 있는 사람이야.

사실은 아무것도 없었다. 그건 나를 위한 춤이 아니라 남을 위한 춤이었던 것이다.

처음 클럽을 발견했던 친구와 나는 작년에 프랑스 파리로 함께 출장을 가게 됐다. 우리는 없는 시간을 내어 클럽에 한번 가보기로 했다. 파리의 클럽은 뭐가 달라도 다를 것 같았다. 몽마르트에 클럽이 있다는 첩보를 입수하고 구글 맵에 '몽마르트'라고 쳐보았다. 전남 함평에 있다는 몽마르트 찜질방이 검색되었다.

몽마르트부터 파리 중심가를 헤매다가 어떻게 해서 샹젤리제의 클럽에 들어갔는데, 사실은 샹젤리제 관광 나이트라는 상호를 붙이는 게 어울릴 그런 클럽이었다. 우리는 춤을 좀 춰보려고 오랜만에 스테이지로 나갔다. 실로 오랜만이었다. 그런데 아아, 도저히 출 수가 없는 것이다. 내 몸에서 나오는 것은 기계적이고 뻣뻣한 몸짓뿐이었다. 내가 한심해서 도저히 출 수가 없었다. 아아, 이렇게 늙어가는 것이로구나.

지금껏 내가 본 가장 멋진 춤은 이런 것이다. 팻보이 슬림이라는 가수가 있다. 일렉트로닉 음악을 하는데, 그가 만든 곡 중에 〈Praise You〉라는 곡의 뮤직 비디오가 있다. 유튜브에서 한번 찾아보시길.

밤의 번화가에 한 무리의 촌스러운 사람들이 나타난다. 시골 에어로빅 교실 회원들이라고 해도 믿을 정도로 촌스럽다. 잠시 후 노래가 나오고 이 사람들이 열렬히 막춤을 추기 시작한다. 누가 보건 말건 개의치 않는다. 몸치건 아니건 신경 쓰지 않는다. 엉망이건 아니건 상관없어 보인다. 그들은 그저 신나게, 행복하게, 즐겁게 춘다. 다 추고 나서는 뿌듯해서 어쩔 줄 몰라 한다. 누가 박수를 쳐주지 않아도 자기들끼리 축하해 준다. 이 뮤직비디오를 볼 때마다 왠지 눈물이 핑 돈다.

나도 그런 춤을 출 수 있을까? 아마 없을 것이다. 이렇게 나이를 먹었는데도 아직 나는 나를 다 벗지 못했다.

내가 살고 싶은 곳

남들에게 별로 들키고 싶지 않은 내 나쁜 버릇이 있다면 일단은 글 쓰는 시간보다 네이버 연예 뉴스에 들어가 있는 시간이 더 길다는 것이다. 하지만 이 얘기는 일전에 잡지 칼럼에 쓰고 그 기사가 네이버에 뜨는 바람에 세상 사람들이 다 알게 됐으니까 더 얘기할 필요가 없다. 나는 그냥 그런 인간이다.

초장부터 내 욕을 했더니 기운이 빠진다. 하지만 동시에 기운이 샘솟기도 한다. 바닥에서 시작하면 더 떨어질 데가 없으니까. 나는 이런 인간이다.

아무튼, 또 하나의 나쁜 버릇은(두 가지 정도이지 않을까 했는데 생각하다 보니 열 가지도 넘게 떠오른다. 괴롭다. 악취미가 이렇게나 많다니) 인테리어 책들을 사 모으는 것이다. 엄마도 그랬다. 네 가족이 누우면 가득 찰 정도로 안방이 비좁고, 부엌 겸 거실에서 움직이기라도 할라치면 서로 부딪치지 않을 수가 없었던 코딱지만 한 아파트에서도 엄마는 열심히 인테리어 책들을 읽으며 미래의 집을 꿈꾸었다. 그리고 엄마는 결혼한 지 30년 만에 드디어 그 꿈을 이루었다. (빚을 잔뜩 지고) 넓은 새 아파트를 사서 이사한 것이다. 엄마는 30년 동안 꿈에 그리던 스타일로 집을 꾸몄다. 역시 간절하게 바라면 이루어진다는 말이 정말이었던 걸까. 잡동사니를 잔뜩 늘어놓을 자식 둘이 떠난 엄마의 집은 언제나 깨끗하고 쾌적하다.

그런 엄마의 딸이라 그런지, 서른이 넘으면서부터 인테리어에 저절로 관심이 갔다. 그 전까지 내게 집은 잠만 자고 짐만 보관해 두는 곳이었다. 그런데 직장을 그만두고 하루 종일 집에 앉아 있다 보니 집은 일상을 담는 그릇이 아닐까, 하는 생각이 든 것이다. 집이 구질구질하니까 카페에 가고 레스토랑에 가고 술집에 가고, 어떻게든 핑계를 대서 나가려고 하는 것이다. 그런데 인테리어 책 속 유럽 사람들의 집은 푹 쉬기에도, 일상적인 일들을 처리하기에도, 밥을 먹기에도, 차를 마시기에도, 손님을 초대하기에도, 파티를 열기에도 무리가 없을 만큼 멋졌다. 집이라면 모름지기 이래야 하는 것이 아닐까 하는 생각이 들었다. 우리는 집이 마땅히 해야 할 기능을 다른 데 떠넘기는 것이 아닐까 하는 생각도 들었다. 그럴 바에야 뭐 하러 큰 집에서 사는 걸까. 캡슐에서 살아도 충분할 텐데.

모든 쇼핑에는 시행착오가 따른다. 거꾸로 말하면 시행착오 없이는 제대로 된 쇼퍼가 될 수 없다. 처음에는 나도 벽에 비싼 꽃무늬 실크 벽지를 붙이기도 했다. 바닥에 민속장판을 깐 적도 있다. 어울리지도 않는 커튼을 사고 이런저런 장식물이나 수납도구들을 끝도 없이 사들였다. 그러다 이케아를 발견했다. 이제는 우리나라에서도 이케아 매장이 생겼지만, 예전에는 이런저런 인터넷 쇼핑몰에서 더 비싼 가격을 물고 사야 했다.

이케아의 가구는 저렴하면서도 멋스러워 사도 사도 질리지가 않았다. 물론 내구성이 떨어진다는 단점도 있다. 하지만 정말로 옷을 잘 입는 사람은 싸구려 티셔츠에 고급 재킷을 섞어 입을 줄 아는 사람인 것처럼, 좋은 인테리어는 싸구려 가구와 고급 가구를 얼마나 자연스럽게 조화시킬 줄 아느냐에 달려 있다. 싸구려가 싼 티나 보이지 않게 하고, 고급이 부담스럽지 않아 보이게 하는 것이 진정한 능력이다. 물론 쉬운 일은 아니다. 이 경지에 이르기 위해서는 수많은 실패와 쓰레기 더미, 신용카드 결제 대금 청구서라는 난관을 넘어야 한다. 쉽게 얻을 수 있는 능력은 아니다.

이런저런 단계를 거친 나는 최고의 인테리어는 비우는 것이라는 사실을 알게 되었다. 집은 아름다워야 하지만 또 편히 쉬는 곳이어야 하기에, 유지하고 관리하느라 허리가 휘어서는 안 된다. 짐이 적어야 관리하기가 편하다.

물건이 적으면 자연히 집이 깨끗해진다. 물건이 적으

면 정리 정돈의 부담도 줄어든다. 청소도 간편해진다. 우리를 둘러싼 물건들 중에 정작 없어서는 안 되는 물건의 숫자는 얼마나 적은지. 이러다가 내가 급사했을 때 내 물건들을 처리하느라 쩔쩔맬 가족들을 생각하면 어서 빨리 정리해야겠다 싶다.

외할머니는 돌아가실 때 몇 벌의 손수 지은 옷과 이불과 재봉틀과 다리미와 반짇고리와 몇 권의 일기장을 남겼다. 그 외에는 물건이라 할 만한 게 없었다. 다만 싱크대 속에는 온갖 포장 용기들이 가득이었다. 할머니는 그 포장 용기들을 아끼셨다. 멀쩡한 그릇이 있는데도. 아마 가벼워서였으리라. 그 정도쯤이야 한데 모아 내다 버리면 그만이다.

그렇지만 내가 죽고 나서 쓰다 만 일기장이나 노트들이 열댓 권씩 나오면 가족들도 그걸 읽다가 지칠 것이다. 의미 있는 내용이 거의 없기 때문이다. 거의 대부분이 '더 이상 이렇게 살아서는 안 된다', '올가을에 필요한 옷의 목록', '내일 해 먹을 요리', '살을 빼야 한다'와 같은 쓸데없는 말로 가득 차 있기 때문이다.

인테리어에 대해 생각하다 보면, 나에 대해 생각하게 된다. 나에게 필요한 것은 무엇이지? 나는 집에서 어떤 일을 가장 많이 하지? 내게 빼놓을 수 없는 즐거움은 무엇이지? 우리 가족들은 주로 어디에서 무엇을 하지? 우리 가족들은 어떤 스타일로 살고 있고, 또 살고 싶어 하는 거지?

그래서 나는 나만의 이상적인 인테리어를 생각한다. 낮고도 편안한 조도, 마치 둥지 속에 있는 것 같은. 깨끗한 흰색 벽. 나무로 만든 편안한 가구. 필요한 물건들만이 적재적소에 배치되어 있는. 그리고 그 물건들을 볼 때마다 '저걸 어서 빨리 내다 버려야 하는데'라며 인상이 찌푸려지는 게 아니라 기분이 좋아지는. 소탈하지만 초라하지 않고, 멋스럽지만 뽐내지 않고, 이상적이지만 현실적인, 개인적이지만 사회적인.

어쩌면 그건 내가 살고 싶은 공간인 동시에, 내가 되고 싶은 사람의 모습인지도 모른다. 결국 모든 건 연결되어 있다.

나의 입장

두 할머니가 가게 앞을 서성이다 조심스럽게 문을 민다. 깔끔한 차림에 어색할 정도로 환한 표정, 그리고 손에 든 종이 책자. 카운터에 선 나는 미소를 지으려고 노력하면서도 경계심을 늦추지 않는다.

할머니들은 구석자리에 조심스럽게 앉는다. 커피 한 잔과 빵 하나를 주문한다. 그들은 이런 자리에 가게를 차릴 생각을 한 것을 놀라워하고(나도 놀랍다), 가게의 분위기에 감탄하고(이렇게 어수선할 수가), 빵의 맛을 칭찬한다(말도 안 돼). 그런데 나는 안다. 그 할머니들은 다시 이 가게에 오지 않을 것이고, 오늘 빵의 맛은 좋게 봐줘도 별로라는 것을.

머리가 하얀 할머니가 말한다.

"이런 말씀을 전하러 다니면 사람들은 우리가 별나고 이상한 사람이라고 생각해요. 우리도 집에 가면 애들 키우는 평범한 주부인데."

나는 고개를 끄덕인다. 어쩌면 처음으로 나는 그들을 존중하는 입장에 선다. 나는 '겸손하지 않은 도덕은 그것 자체로 폭력'이라는 황현산 선생의 말을 믿는다. 나는 대개 그들이 폭력적이라고 생각하지만, 그럼에도 나는 이 가게의 주인이고 그들은 손님이다. 나는 그들을 존중해야 한다. 그리고 어쩐지, 오늘은 그들을 존중하고 싶다.

그런데 애들 키우는 평범한 주부라는 그들이 왜 남의 집 문을 두드리며 문전박대당하는 사람들이 됐을까? 그들은 왜 세상을 구원하러 나선 것일까? 그들은 왜 인류의 운명을 스스로 짊어진 사람들이 됐을까? 가끔 토요일이나 일요일 아침에 문을 두드리는 사람들이 있다. 깨끗하게 옷을 차려입은 사람들. 할아버지도 있고 중년 남자도 있고 아주머니도 있고 어린 남자아이도 있다. 그들은 말씀을 전하러 왔다고 말한다. 나는 문도 열어주지 않는다.

하지만 내가 생각한다고 해서 해결될 문제들이 아니다. 그들에게는 그들의 입장이 있고, 나에게는 나의 입장이 있다. 각기 다른 입장을 가진 개인들이 모여 이 세상을 만들어 갈 뿐이다.

할머니가 묻는다.

"어떻게 이런 데 가게를 차릴 생각을 하셨어요?"

나는 정중하게, 그리고 성의 있게 대답한다.

"이런 곳에 가게를 차려봤자 손님이 많이 들 리는 없겠지만, 그래도 이런 데 이런 가게가 하나 있어도 좋지 않을까 생각해서요."

"돈이 안 될 텐데……."

"돈이 안 되어도 재미있고 의미 있는 것들이 있잖아요."

그러자 할머니가 과하게 반가워한다.

"혹시 종교인이세요?"

나는 미소를 띤 채로 단호하게 고개를 젓는다.

"아뇨, 종교는 없는데요."

두 할머니는 더 이상 종교 활동을 하지 않고 나에게 좋은 말씀이 적힌 책자를 건네준 후 가게를 나갔다. 나는 정중하게 인사를 한 후 펼쳐 보지도 않고 그 책자를 버렸다.

사람들이 묻는다. 자주. 이게 돈이 되나요? 돈 벌려고 하는 거 아니죠? 돈은 어떻게 벌어요?

나는 대충 이런 식으로 대답한다. 뜬뜬은 맞춥니다. 돈 벌려고 하는 겁니다. 돈보다 더 재미있고 의미 있는 게 있으니까요. 이걸로 돈 안 벌어도 당장 굶어죽지는 않아서 하는 겁니다.

내가 이런 가게를 열기는 했지만, 심지어 경제 상황이 좋지 않은 이런 시기에, 어쩌면 이런 가게를 열었기에, 나는 대책 없는 낭만주의를 질색한다. 돈을 벌려면 동네 뒷골목에 이런 카페 같은 걸 열어서는 안 된다. 돈을 벌려면 절대로 이런 걸 해서는 안 된다. 이런 건 돈이 안 되는 일이다. 돈이 되는 일은 따로 있다.

우리는 애초에 돈을 벌려고 가게를 열지 않았기에 손님이 들지 않아도 울상을 짓지 않는다. 손님이 기적적으로 많이 드는 날에는 장부를 보면서 웃기도 하지만, 그렇다고 돈을 더 벌려고 안달하지도 않는다. 만약에 정말로 돈을 벌어야 할 상황이 온다면 나는 미련 없이 카페를 접고 시장으로 나가지, 여기서 어떻게든 돈을 벌어보려 애쓰지는 않을 것이다. 돈을 벌어야 한다면 이런 동네 카페 대신 차라리 번화가의 뒷골목에 호젓한 술집을 차릴 것이다.

돈보다 더 의미 있는 것이 있다고는 생각한다. 그렇다고 돈이 의미 없다는 말은 아니다. 돈은 있는 게 좋다. 많을수록 좋다는 말에는 동의하기가 어렵지만, 아무튼 있는 게 좋다.

내가 변두리 동네 뒷골목에 카페를 연 이유는 나 자신에게 이런 공간이 필요해서였다. 내가 좋아하는 한적한 동네에 편안한 공간이 있어서 거기에서 책도 읽고 일도 하고 친구도 만나고 맛있는 커피도 마셨으면 했다. 그 안에서 이런저런 재미있는 일들이 일어난다면 더 멋질 거라고 생각했다. 내가 만든 공간에 낯선 사람들을 초대하고 싶었다. 이것은 내가 책을 쓰는 이유와 같다.

또 하나의 이유가 있다면 나에게는 늘 '상인의 현실 감각'이 부족하다고 생각했기 때문이다. 어떻게든 수입과 지출을 맞추고, 손해를 보지 않는 일을 해보고 싶었다. 또 남들에게 무언가를 팔면서 그 사실에 자괴감을 느끼고 싶지 않았다. 스스로 무언가를 처음부터 끝까지 책임지면서 꾸려보고도 싶었다.

우리는 혼자 있을 때면 우리가 해보고 싶어 하는 여러 가지 일을 그려보면서 스스로 세상을 더 낫게 바꿀 수 있는 방법을 알고 있다고 생각하곤 한다. 자신에게 더 도취되어 있을 때면, 심지어 가게 처마는 어떤 모양이어야 하고, 새로운 서비스의 광고는 어떤 식으로 써야 하는지까지 꼼꼼하게 생각해보기도 한다.

알랭 드 보통이 『일의 기쁨과 슬픔』에서 했던 자조적인 말처럼, 나 역시 비슷한 몽상가라고 생각했기에 그것을 한 번쯤은 뛰어넘고 싶었다. 우리 집안에는 상인의 기질을 가진 사람이라고는 단 한 명도 없으니(월급쟁이나 노예의 유전자라면 잔뜩 있다) 나 역시 상인이 되는 것은 무리라고 생각했지만, 그게 정말 무리인지 아닌지 알아보고 싶었다. 어차피 죽기 전에 무언가를 후회한다면 해보지 않은 것을 후회할 것 같았다. 이것도 해보고 저것도 해보고, 해보고 싶은 건 다 해보고 죽고 싶었다.

나는 이상주의자도 아니고 몽상가도 아니다. 그럴 처지도, 그럴 나이도 아니다. 솔직히 나이 마흔이 다 돼서 그런 소리를 하는 사람을 보면 짜증이 난다. 수입과 지출을 맞추는 것은 정말이지 중요한 일이다. 세금을 내고 건강보험료를 내는 것도 정말이지 중요한 일이다. 내가 그런 인간이라 그렇다. 신을 믿느냐 안 믿느냐와 같은 문제다. 입장이 다른 것이다.

아무튼 나는 그 할머니들이 귀엽다고 생각했다. 누군

가 그들을 해코지하려 든다면 나는 그들을 위해 문을 열어줄 수 있다. 하지만 그들이 또 그 좋은 말씀이 적힌 책자를 준다면 나는 그것을 펼쳐 보지도 않고 버릴 것이다. 그게 나의 입장이다.

빵 굽는 시간

나는 아침마다 빵을 굽는다. 일주일에 5일을 굽는다. 지칠 법도 하다고 생각할 텐데, 당연히 지친다. 내가 굽는 건 반죽을 하지 않는 무반죽 빵이다. 반죽까지 하면 빵 굽느라 인생이 다 지나갈 것 같아 반죽을 하지 않는 것이다. 내가 빵을 너무 좋아해서 대충대충 구워서 먹기 시작했는데, 어쩌다 카페를 하게 되면서 그렇게 대충대충 구운 빵을 뻔뻔하게 팔기까지 하게 됐다.

달리기를 하다 보면 너무 힘들어서 죽고 싶다가 어느 순간 괜찮아지는 때가 온다. 러너스 하이? 그게 올 정도로 열심히 달리지는 않는다. 그래봤자 5킬로미터

내외의 짧은 달리기다. 그렇게 달리다 보면 처음부터 힘들기도 하고 처음에는 괜찮다가 중간부터 힘들어지기도 한다. 힘든 것도 생각이 안 날 정도로 힘들 때 비로소 나는 달리는 것을 좋아하게 된다. 그 순간의 목적은 이제 그저 달리는 데 있다. 오른발을 내딛고 왼발을 들어 올리는 데만 있는 것이다.

빵을 만드는 일도 마찬가지다. 모든 일은 그런 식이다. 처음부터 힘들기도 하고 처음에는 괜찮다가 나중에 힘들기도 하다. 그리고 힘들고 그만두고 싶을 때는 아무 생각도 안 하는 편이 낫다. 그저 몸을 웅크리고 바닥을 바라보며 그 시간이 지나가기를 기다리는 것이다.

"요즘 젊은 애들은 끈기가 없어. 조금만 힘들면 때려치우려고 해."

글쎄, 나는 그런 말을 하고 싶지는 않다. 물론 나도 이제는 '요즘 젊은 애들'이라는 말을 해도 이상할 게 없는 나이가 되어가고 있다. 하지만 나도 그런 젊은 애들 중 하나였기 때문에 내가 그런 말을 해서는 안 된다.

책임감 없이 군 적도 분명 있었다. 욕을 먹은 적도 있었다. 아무것도 안 한다고 혼이 나기도 했다. 딱히 무슨 의도가 있어서가 아니라, 그냥 젊었기 때문이다. 모든 게 절박하지 않았기 때문이다. 뭘 해야 좋을지도 몰랐기 때문이다. 그냥 죽어도 좋을 것 같았고, 사는 게 의미 없는 것 같기도 했고, 그럼에도 내 앞에는 아직도 살아야 할 시간들이 구만리였기 때문이다. 그건 마치 누가 시킨 장거리 달리기를 별 의지도 의욕도 없이 달리고 있는 거나 같았다.

그런데 매일같이 빵을 만드는 것은 매일같이 감내해야 할 어떤 것을 묵묵히 해내는 느낌이 들어 좋다. 참을성이라고는 없이 내일 죽어도 좋을 것처럼 막 살던 여자애가 어느 순간 어른이 된 기분이라 좋다. 어제도 굽고 오늘도 굽고 내일도 굽는다는 행위가, 손으로 조물조물 밀가루를 뭉쳐서 하나의 먹을거리를 탄생시키는 행위가 무언가를 확실하게 만들어 주는 것 같아 좋다.

빵을 굽는 것은 사실 그렇게 어려운 일은 아니다. 물론 어렵게 보이기는 한다. 하지만 제대로 해야겠다는 마음만 버리면 그렇게 어렵지만도 않다. 무엇보다 처음에는 당연히 실패한다고 생각하면 좌절할 일도 별로 없다. 실패해도 계속해서 하다 보면 어느 순간 내 마음에 드는 빵을 구울 수 있게 된 다. 밀가루와 이스트, 약간의 설탕과 소금, 물만 넣고 휘휘 섞은 뒤 밀폐용기에 넣어 부풀도록 둔다. 밤새 냉장고에서 숙성시켰다가 아침에 다시 꺼내 모양을 잡고 두 배로 부풀려 오븐에 굽기만 하면 된다. 모양이 못나도, 맛이 심심해도, 갓 구운 빵은 언제나 최고다.

『시골빵집에서 자본론을 굽다』라는 책은 일본의 시골 마을에서 천연효모로 빵을 굽는 한 남자의 이야기다. 마르크스의 자본론에 심취한 빵집 주인 와타나베 이타루는 이윤을 남기지 않는 정직한 경영방식으로 자신만의 빵집을 꾸려나간다.

이상을 현실로 일구어 나가는 과정도 인상적이었지만 그보다 흥미로웠던 것은 이 남자가 거친 숱한 실패였다. 이상적인 인간이었기에 그는 당연히 현실과 불화

했다. 그가 꿈을 품고 시작한 일의 결과는 모두 실망스러운 것들이었다. 그런 그가 끝내 시골빵집을 성공적으로 이끌어 가면서 느낀 것은 이런 것이다.

> 그동안의 경험을 통해 터득한 삶의 진리는 당장에 무언가를 이루려 해서는 안 된다는 것이다. 그래서는 될 턱이 없다. 죽기 살기로 덤벼들어 끝장을 보려고 뜨겁게 도전하다 보면 각자가 가진 능력과 개성, 자기 안의 힘이 크게 꽃피는 날이 반드시 온다.*

우리 옆집 아저씨도 할 수 있을 것 같은 이 말은, 빵을 굽는 일에 썩 잘 어울린다. 빵 한 덩이를 얻기 위해서는 오랜 시간이 필요하다. 빵을 만드는 데 익숙해질 시간이 우선이다. 수없이 많은 빵을 만들어 보아야 반죽의 질기, 부푸는 모양, 냄새, 촉감에 익숙해진다. 몇 번 해보고 잘 안 된다고 포기해서도 안 되고, 단번에 성공

---

* 와타나베 이타루, 『시골빵집에서 자본론을 굽다』, 정문주 역(더숲, 2014)

하려는 급한 마음을 품어서도 안 된다. 밀가루 반죽을 한 번 발효시키고, 다시 모양을 잡아 두 번째로 발효시키는 데는 적어도 두세 시간은 필요하다. 그 시간 동안 기다릴 줄도 알아야 한다.

빵을 만들면서 나는 세상 살아가는 데 필요한 작고 단순한 자신감들 중 하나를 갖게 됐다. 그것은 바로 내가 먹는 가장 기본적인 음식을 직접 만들 수 있다는 데서 오는 자신감이다. 이런 작은 자신감들이 모여 한 인간을 단단하게 만든다.

앞으로도 나는 이 말을 명심하려 한다. 당장에 무언가를 이룰 수는 없을 것이다. 그러니 기다린다. 반죽이 손에 익을 때까지, 빵이 제대로 부풀 때까지. 그건 빵을 만들면서 내 몸에 밴 것이니, 전보다는 조금 수월해질 것이다. 그렇게 묵묵히 만들어 나가다 보면 어쩌면 나도 무언가를 이룰 수 있을지도 모른다. 어쩌면 말이다.

생각 없는 여자

아는 사람이 그랬다. 당신은 항상 옛날이야기를 할 때마다 "그땐 아무 생각이 없었어."라고 말한다고. 그랬나? 생각해 보니 그랬던 것 같다. 그 얘기는 지금은 분별력이 생겼지만 그때는 뭐가 옳고 그른지조차 판단 못 할 정도로 멍청했다는 뜻일 수도 있다. 그러니까 방점은 그때가 아니라, 지금에 찍는 것이 옳다. 지금 내가 엄청 분별력 있는 사람이라는 걸 자랑하려는 의도.

그에게 그런 말을 듣고 나의 숨은 의도까지 파악하고 나니, 내가 고작 그 정도의 인간이었나 싶어 놀랍기도 하고 씁쓸하기도 했다.

그나저나 내가 그땐 아무 생각이 없었다고 하는 때는 바로 그런 때다. 20대 초반에 뒤늦게(그리고 시대착오적으로) 히피 문화에 심취해 록밴드 '도어즈'의 테이프를 들으면서 줄담배를 피우고, 브래지어를 하지 않고 학교에 가고, 학교 벤치니 동네 정자니 심지어 종묘 앞 공원에서도 드러누워 밤을 새우던 때. 노숙인들 옆에서 신문지를 덮고 잔 적도 있다. 도대체 무슨 생각이었을까? 아무 생각이 없었다.

스물네 살에는 혼자서 두 달 동안 인도를 여행했는데, 첫 달에는 공항에서 만난 동행자와 함께였지만 그가 귀국한 두 달째부터는 혼자서 다녀야만 했다. 그곳에서 나는 스릴 넘치는 경험을 여럿 했다. 기차가 한밤중에 어느 역에 나를 떨어뜨렸는데 도대체 어디로 가야 할지를 몰라서 일단 플랫폼 벤치에 배낭을 깔고 누워 잠을 잔 적도 있다(이것부터가 생각이 없다는 증거다). 따사로운 햇살에 눈을 떠보니 내 주위를 인도 노숙인들이 둥글게 둘러싼 채 자고 있었다. 노숙인의 여왕이라도 된 기분이었다.

잘생겼지만 어딘지 미심쩍은 인도 제비의 오토바이 뒤에 올라타 숲 속 마을로 놀러간 적도 있고, 역시 잘생겼지만 스님인 티베트 사람을 버스에서 만나 덜컥 그의 집에 가서 며칠 동안 신세를 진 적도 있다. 한밤중에 뱅갈로르라는 도시의 뒷골목에서 두 남자가 모는 오토 릭쇼(앞은 오토바이, 뒤는 두세 명 정도가 앉을 수 있는 의자가 달린 삼륜차다. 그러니까 앞 좌석에 두 남자가 타고 있다는 건 택시 기사가 두 명인 그런 상황) 뒷자리에 앉아서 노숙인들이 우글대는 뒷골목을 꼬불꼬불 달리면서 '나의 운명은 여기에서 끝이구나'라는 사실에 벌벌 떨던 적도 있다. 지금 안전한 집에 편히 앉아 떠올려 보면 이 생각밖에 안 든다. 도대체 무슨 생각이었을까? 아무 생각이 없었다.

스물다섯 살에 이상한 남자들을 쫓아다닌 것도 아무 생각이 없었기 때문이다. 스물일곱 살에 만난 남자와 당장 결혼하겠다고 한 것이나(그 남자는 나보다 두 살 어린 대학생이었다), 결국 아이를 가져 결혼을 한 것이나, 겁도 없이 아이를 조산원에서 낳은 것이나, 그렇게 아이를 둘이나 낳고 키운 것이나 정말 아무 생각이 없어서 가능했던 일이다.

도대체 어쩜 그렇게 아무 생각이 없었을까? 이렇게 생각하는 것은 그때의 나를 경멸하거나 무시하는 것이 아니라, 신기해서이다. 아무리 생각해 봐도 지금의 나와는 같은 사람이 아닌 것 같다.

그렇다면 지금은 뭔가 생각을 하긴 하는 걸까? 곰곰이 생각해 보니(이럴 때는 생각이라는 걸 한다) 최근에도 그런 일이 없지 않다. 25평짜리 신도시 아파트에서 살다가 갑자기 인생의 패러다임을 바꾸겠다면서 변두리의 지은 지 30년이 넘은 허름한 단독주택에 이사를 와서는 어린아이들이 지독한 감기에 걸려 응급실 신세까지 질 정도로 추위에 시달리고 있는 것이나, 아이들을 동네에 있는 비인가 대안학교에 보낸 것이나, 남편이 회사를 그만둘 때마다 옳다구나 하고 배낭여행을 간 것이나, 사람도 거의 다니지 않는 동네 뒷골목에 아무것도 모르는 채로 카페를 차린 것이나, 생각해 보면 아무 생각이 없었기 때문에 저지를 수 있었던 일이다.

자랑이 아니다, 절대로. 왜냐하면 나는 얼핏 멋져 보일 수도 있는 그 시도들 때문에 피를 본 당사자이기 때문이다. 뭔가를 시도할 때는 좋은 일만 일어나지는 않는다. 나쁜 일들, 조산원에서 38시간이나 진통을 하면서 내 다시는 조산원 같은 데 오나 봐라 이를 갈던 일(그래서 둘째는 병원에서 각종 약물과 기구의 도움을 받아 낳았다), 내가 왜 결혼을 했을까 이를 갈던 일, 그리고 지금도 갈고 있는 일, 겨울이 올 때마다 집 안에서도 추위에 떠느라 옷이란 옷은 다 껴입고 손이 곱아 컴퓨터 자판도 치기 힘들어 이를 가는 일, 괜히 카페를 한답시고 몸과 마음이 만신창이가 되어가면서 내 다시는 이딴 일을 하나 봐라 이를 가는 일. 이러다 마흔도 되기 전에 이가 다 닳아 없어져도 이상할 일이 아니다.

요즘 나의 가장 큰 고민은 우리가 가난해지는 것이다. 가난해져서 집도 돈도 없이 거리에 나앉는 것이다. 당장 수입이 제로가 되면 어떻게 하지? 애들은 어떻게 키우지? 쇼핑도 안 하고 어떻게 살지? 그래봤자 유니클로 세일 매대에서 5,000원짜리나 만 원짜리 옷을 바구니에 쓰셔 넣는 게 유일한 낙인데! 여행을 못 가면 어떻게 살지? 거들먹거리며 공항에 가서 비행기를 타고, 목적지에 도착하기 전까지 추락과 폭발을 예상하며 벌벌 떨다가, 비행기에서 내려서는 내내 돈을 펑펑 쓰고 카드도 벅벅 긁고 쉬지 않고 먹어 배가 남산만 해지고 양쪽으로 보따리상처럼 쇼핑한 물건을 주렁주렁 매단 채로 다시 비행기를 타고 추락과 폭발을 예상하며 벌벌 떨며 집으로 돌아오는, 그런 일을 더 이상 못하게 되면 어떻게 하지?

그런데 예전에 생각 없이 살고 생각 없이 저질렀던 일을 떠올리다 보니 이상하게 안심이 된다. 아, 나는 언제 어느 때고 저 정도로 생각이 없어질 수 있는 인물이었지! 그러니까 당장 거리에 나앉을 상황이 되면 나는 무슨 일이든 저지를 사람이다. 그 사람은 내가 아니다. 그러니까 지금 식탁 앞에 얌전히 앉아 키보드를 두드리는 이 사람이 아니란 얘기다. 내게 닥칠지 모를 온갖 나쁜 상황을 공들여 예상하면서(심지어 지나가던 비행기나

헬리콥터가 우리 집 위로 떨어지는 건 아닐까 하는 걱정도 한다) 간이 초코볼 정도로 쪼그라든 이 사람이 아니다.

그 사람은 때가 되면 튀어나올 것이다. 나보다 훨씬 간이 크고 나보다 훨씬 용감하고 나보다 훨씬 긍정적이고 무엇보다 나보다 훨씬 생각 없는 그 사람은 무슨 일이 일어나건 그럭저럭 잘 버텨낼 것이다. 그 여자는 뭘 해도 할 여자다. 그러니까 걱정할 것이 없다. 그 여자를 믿자. 그 생각 없는 여자를.

승리의 맥주

세상에는 늘 책상 위를 깔끔하게 정리하고 스케줄을 깔끔하게 정리하고 서랍 속을 깔끔하게 정리하고 컴퓨터의 파일을 깔끔하게 정리하고 일의 마무리를 깔끔하게 정리하고 인간관계를 깔끔하게 정리하고 일상을 깔끔하게 정리하는 사람이 있다. 나는 아니다.

나는 마감이 다 되어야, 발등에 불이 떨어지고 나서야 난리법석을 치는 인간형에 가깝다. 나도 이런 내가 당연히 마음에 들지 않는다. 그래서 심지어 이런 책도 읽었다. 고이케 류노스케의 『생각 버리기 연습』. 번뇌가 책 한 권 읽는 걸로 사라진다면야.

그는 이렇게 조언한다. 정해진 시간 내에 반드시 해야 할 일들을 순서대로 목록으로 만들고 그 순서를 꼭 지키려고 노력하라. 일을 다 끝내지 못했더라도 정해진 시간이 되면 무조건 다음 순서로 넘어가는 것이 관건이다. 이대로 하면 '그 시간 안에 나름대로 마쳤다는 산뜻한 기분을 조금이라도' 맛볼 수 있다고 한다.

나도 그런 기분을 간절히 원한다. 산뜻한 기분. 그렇다. 내 인생에 없는 것은 그런 산뜻한 기분이다. 언제나 기한에 쫓기고 마감에 쫓긴다. 나는 지금껏 그런 식으로 살아왔다. 떠밀리듯이. 쫓기듯이. 마지못해서.

밤마다 맥주를 한 캔 또는 한 잔씩 마시는 버릇이 들었다. 하지만 20세기 말에 갓 성인이 된 나는 맥주의 맛을 전혀 몰랐다. 맥주를 시원하다며 들이켜는 나이가 많은 동급생들에게 투덜거리듯이 물었다.

"맥주를 무슨 맛으로 마시는 거야? 쓰기만 한데."

그때 내 옆에 앉았던 나보다 한 살 많은 남학생이 마치 철없는 여동생을 어르듯 이렇게 말해 주었다.

"처음엔 그래. 그런데 운동 같은 걸 하고 난 다음에 냉장고에서 막 꺼낸 시원한 맥주는 정말 끝내줘."

드물게 침착하고 드물게 사려 깊고 드물게 철이 들었던 그 남학생은 지금 어디서 무얼 하고 있을까. 나는 18년이 지난 오늘까지도 맥주를 마실 때마다 그 남학생이 했던 말을 떠올리곤 한다. 맥주 맛이 정말 끝내준다고 느낄 때는 다시 한 번 더 떠올린다.

나는 이제 맥주의 맛을 아는 어른이 되었다. 기쁜 일이다.

7월의 런던 사우스뱅크를 산책하다 펍의 야외 테이블에 앉아 마신 맥주는 정말 최고였다. 플라스틱 컵에 따른 스텔라 맥주였다. 태국의 후텁지근하고 시끄러운 밤거리에서 얼음을 부어 마신 싱하 맥주, 불친절한 숙소 여직원과 싸우고 화를 식히기 위해 거리를 헤맬 때 빨대를 꽂아 들고 다니며 마시던 창 맥주, 광저우의 끝내주는 베트남 음식점에서 기름진 음식과 함께 마신 칭다오 맥주, 라오스에서 튜브 래프팅을 하던 중 친구가

물에 빠졌다 극적으로 구조된 후 기진맥진한 채로 마셨던 커다란 라오 맥주, 광활한 인도 고아 해변에서 마신 고아 맥주. 모두 잊을 수 없다.

특별한 기억이 있는 맥주만이 아니라 매일 저녁 마시는 평범한 맥주도 좋다. 나는 소맥 같은 건 좋아하지 않는다. 종이컵에 따른 맥주는 사양이다. 별 모양의 로고가 있는 삿포로 맥주를 보면 가슴이 두근거린다. 눈 오는 삿포로의 라멘집에서 마셔보고 싶다. 좋아하는 사천식 중국 식당에 가면 레몬을 넣은 깐풍기에 칭다오 맥주를 곁들인다. 집에서 별다른 안주 없이 마실 때는 클라우드나 칼스버그가 좋다.

맥주의 맛은 와인처럼 예민하지 않다. 새로 따른 맥주는 언제나 최고다. 다시 말하면 최고의 맥주는 언제나 지금, 오늘 마시는 맥주다.

맥주는 괴롭거나 슬플 때 마시는 술이라기에는 너무 시원하다. 괴롭거나 슬플 때는 역시 소주가 어울린다. 아니면 위스키라든가. 겨울날에 마시기에는 너무 차갑

다. 실연을 당한 뒤에 마시기에도, 실직을 당한 후에 마시기에도, 망신을 당한 후에 마시기에도 어울리지 않는다. 왜냐하면 맥주는 승리의 술이니까. 그래서 무라카미 하루키는 42킬로미터 마라톤을 뛰고 난 뒤에 벌컥벌컥 단숨에 들이마시는 맥주 맛이란 그야말로 최고라고 말했던 것이리라.

나는 그 정도는 바라지도 않는다. 나는 그저 오늘의 할 일만 산뜻하게 마무리했으면 좋겠다. 찜찜한 기분으로, 내일을 두려워하면서 잠들고 싶지 않다. 오늘의 할 일을 말끔하게 끝낸 후 승리의 맥주를 마시고 싶다. 남은 일이라고는 침대에 얌전히 들어가 이불을 덮고 발을 뻗은 채로 잠드는 것밖에 없다면, 그거야말로 오늘 나는 승리한 거 아닌가.

CHAPTER 3

내일은 오지 않을지도 몰라

이 일을 계속할 수 있을까, 앞으로 어떻게 살아야 할까,
하는 고민과 두려움도
어차피 내일이 오지 않는다면 부질없다.
그냥 현재에 충실하면 된다.
그렇게 단순하게 생각하며 후회 없이 살아가자.
미래 같은 건 운에 맡기자.

여행에서 배운 것들

남편이 두 번째로 실직을 했다. 두 번째로 실직을 당하니, 눈물보다 한숨이 더 많이 나왔다. 당신은 왜 이런 사람인 걸까, 라는 생각을 했다. 밉기도 했다. 그런다고 달라질 일은 없었다. 우리는 아직 젊고, 내 남편이 무능력자도 아니고, 이제는 아이들이 커서 나도 일을 하려고만 하면 할 수 있었다. 그리고 자본주의 사회에서 가장 비싼 것은 돈이 아니라 시간이라고 생각했다. 그래서 여행을 가기로 했다. 약간은 긴 여행을.

큰아이가 초등학교에 입학하기 전까지 2주 정도의

시간이 남아 있었다. 급히 태국으로 가는 비행기 티켓을 끊었다. 그곳에서 우리는 게스트하우스에서 자고, 거리에서 음식을 먹고, 밤기차를 타고, 배를 타고, 통통배를 타고, 트럭을 개조한 버스를 타고서 태국의 북쪽 끝에서 남쪽 끝까지 이동했다. 아이들은 이런 식의 여행에 생각보다 훨씬 잘 적응했고, 우리도 즐거웠다. 더 오래 머물러도 좋을 것만 같았다.

그 여행의 막바지였다. 배낭여행을 각오했는데, 실상은 배낭여행이라기에는 좀 뭣했다. 우리는 1만 5,000원짜리 게스트하우스의 방에서도 잤지만 10만 원이 넘는 호텔 방에서도 잤다. 사실은 다행이었는지도 모른다. 어릴 때 다니던 배낭여행에서처럼 굳이 싸구려 숙소만 골라 다녔다고 해서 우리의 가치가 높아졌을 리는 없다. 우리는 깨끗하고 싼 방과 쾌적하고 좋은 방에 번갈아가며 머물렀다. 호텔에 들어갔다가 눈이 높아져서 게스트하우스 같은 데서는 못 자게 되면 어떻게 하지? 이런 걱정도 안 해본 게 아니지만, 그런 일은 일어나지 않았다. 좋은 방은 좋아서 좋았고, 싼 방은 싸서 좋았다.

우리는 다양한 가격대에 융통성 있게 적응해 나갔다.

마지막 숙소는 방콕의 풀먼 호텔이었다. 우리는 여행의 마지막을 아름답게 장식하고 싶었기에 이 호텔을 예약했다. 조식 뷔페를 포함해서 하룻밤에 16만 원 정도의 가격이었다. 호텔의 로비는 광활했고 정원의 멋진 연못에는 내 자식만 한 물고기들이 헤엄치고 있었다. 새벽 기차를 타고 도착했기에 체크인 시간 훨씬 전이었는데도 친절한 직원은 바로 방을 준비해 주었다. 인원이 넷인 것을 고려해 트리플 룸으로 업그레이드해 주기까지 했다. 방은 넓고 쾌적했다. 깃털 침구가 여러 장 깔린 침대 위에 몸을 던지니 그대로 침대 속에 파묻힐 것 같은 기분이었다. 야외 수영장은 아예 천국이었다.

뷔페는 하나씩 다 먹어보기도 힘든 음식들로 가득했다. 직접 구운 빵, 치즈, 햄…… 아이들은 정말로 좋아했다. 이 호텔에는 한국 사람들이 많았다. 우리처럼 일부러 개고생을 하며 다니지 않을 것 같은, 이런 숙소가 당연해 보이는 단체 투어 손님들. 그들이 조금도 부럽지 않았다고 하면 거짓말이다.

이틀 연속으로 값비싼 조식 뷔페를 먹을 수는 없었다. 다음 날 아침 끼니를 때울 식당을 찾아야 했다. 호텔 바깥은 평범한 태국 식당들이었다. 우리는 쇼케이스 안에 잔뜩 늘어놓은 반찬을 손님이 직접 골라서 먹는 식당에 들어가기로 결정했다. 손님의 대부분이 뚝뚝 기사들이었다. 막상 들어가려니 엄두가 안 났지만 용기를 냈다. 젓갈 냄새가 지독해서 아이들은 식당에 들어가자마자 코를 막았다. 하지만 친절하고 어쩐지 통이 커 보이는 여주인은(나는 이런 여자들에게 약하다) 쾌활한 얼굴로 무엇을 고를 건지 물었다. 나는 이런저런 반찬과 국, 밥을 손가락으로 가리켰다.

곧 식사가 나왔다. 맛있었다. 어느 하나 할 것 없이. 특히 돼지갈비를 넣고 끓인 맑은 국이 압권이었다. 국물을 들이켜자 마음속 깊이 만족감이 밀려왔다. 후식으로 나온 푸딩도 맛있었다. 몇 가지 반찬에 밥과 국, 후식까지 다 먹었는데도 1인당 2,000원이 안 나왔다. 횡재한 기분이었다.

여행에서 돌아오자 어쩐지 더 잘 살 수 있을 것 같았다. 비싼 호텔의 바삭거리는 침구를 떠올리면서 눅눅한 이불을 빨아 햇볕에 널었다. 돼지갈비와 감자를 넣고 맑은 국도 끓여보았다. 힘들 때면 더운 날씨에도, 가난한 살림에도 웃으며 누군가에게 인사를 건네는 여유를 잃지 않던 그곳의 사람들을 떠올렸다. 세상에는 참으로 다양한 사람들이 다양한 방식으로 살고 있다는 사실도 잊지 않으려 노력했다. 하늘이 유달리 높을 때는 그곳의 하늘을 생각했다. 우리에게 언젠가 그토록 자유롭던 때가 있었던 것을 기억하기 위해 노력했다.

아무리 새로운 물건도 빛이 바랜다. 어딘가에 돈을 쓰고도 아깝지 않으려면 경험에 쓰는 것이 가장 낫다. 그래서 여행을 가는 것은 돈을 가장 잘 쓰는 방법 중의 하나다. 내가 서 있는 곳에서 나 자신이나 내 생활을 조망하기란 쉽지 않다. 여행은 그것을 가능하게 한다. 비록 모든 것을 잊게 된다 하더라도, 여행은 투자 대비 효용 가치가 가장 높은 일 중의 하나가 아닐까 하고 생각한다.

쓰기 완벽한 장소

언제나 나만의 글 쓰는 장소를 갖기를 꿈꿨다. 희고 깨끗하고 밝은 방. 오로지 쓰고 읽는 것만을 목적으로 한 방. 어딘지 보헤미안적이면서 수도원 같기도 한 방. 넓고 단단하고 묵직한 책상은 창가에 놓여 있고, 사방의 벽을 둘러싼 책장에는 내가 사랑하는 책들이 질서정연하게 꽂혀 있으며, 창밖으로는 가로수의 잎사귀가 바람에 흔들리고 라일락 향기 같은 것이 밀려드는 방. 나는 이 방에서 커피를 마시거나 시원한 물을 마시면서 맨발로 앉아 글을 쓸 것이다. 아침부터 저녁까지. 누구에게도 방해받지 않고 어떤 것에도 한눈을 팔지 않으면서. 그때 내가 쓰는 글은 처음부터 끝까지 순서대로 쓴 것이겠지. 이 방향으로 가기만 하면 제대로 가는 거야. 그런 계시 같은 순간의 연속. 누군가가 나를 위해 10미터 간격으로 리본을 매달아 둔 것 같은 그런 기분.

그리고 오후 3시쯤, 아름답고 따뜻하고 생기 넘치고 감동적인 글을 완성한 후에 나는 기지개를 켜면서 방에서 나올 것이다. 행복한 기분으로 코트를 걸치고 동네를 산책할 것이다. 좋아하는 동네 서점에 들러 새로 나온 책을 두어 권 사고, 카페에 가서 커피를 마시고 빵을 먹고, 저녁거리를 사들고 집으로 돌아올 것이다. 가족들과 저녁을 만들어 먹은 뒤 오늘의 앙금 따위는 조금도 남지 않은 개운하고 깨끗한 기분으로 미소를 띤 채 잠자리에 들 것이다.

하지만 현실에서 그런 일은 일어나지 않는다. 나는 보통 오만상을 다 찌푸리고 글을 쓴다. 그것도 잡동사니들을 한쪽 구석으로 밀어 넣은 식탁 구석에 앉아. 내 옆으로는 벌써 5년 전부터 정리해야지 했던 먼지 덮인 책들이 마구잡이로 꽂힌, 심지어 집 안의 잡동사니란 잡동사니는 다 올려놓은 책장이 휘어진 채로 위태롭게 서 있다. 앞으로는 심란한 마당 풍경이 훤히 내다보이는 창문이, 뒤로는 설거지가 에펠탑이나 피사의 사탑 부럽지 않게 쌓인 싱크대다. 바닥에는 과자 부스러기와 머리카락이 잔뜩, 나는 며칠째 머리를 못 감았고 눈 밑에는 다크서클이, 책상 위에는 마시다 만 커피잔과 먹어치운 과자 봉지들이 잔뜩 놓여 있다. 아이들에게는 제발 좀 조용히 하라고 신경질을 부리고, 남편에게는 저 설거지는 내 눈에만 보이냐며 시비를 건다.

게다가 글을 쓸 때마다 나는 딴짓을 한다. 글이라는 걸 쓰는 데 필요한 그 엄청난 집중력과 에너지를 내 유약한(!) 몸과 정신이 견디지 못하는 게 분명하다. 한 문단을 쓸 때마다 네이버 연예 뉴스에 들어가 실시간 뉴스를 체크하면서 긴장을 풀어줘야 한다. 오늘은 누가 누구랑 사귈까? 누가 또 욕을 먹고 있을까? 뜬금없이 궁금해지는 것도 많다. 레몬청은 어떻게 담는 거지? 유니클로에서 또 뭔가 세일하고 있지 않을까? 트루먼 카포티의 〈밤의 나무〉라는 단편은 국내 출간됐을까? 갑자기 확 예뻐진 아이돌 여가수 A는 성형수술을 한 걸까, 아니면 화장술의 힘일까? 그럴 때는 검색창이 있다. 도대체 '무엇이든 물어보세요' 말고는 물어볼 데가 없었을 옛날에는 궁금한 걸 어떻게 참고 살았을까? 아, 하긴 나도 그 시절을 산 사람이지.

그렇게 허송세월을 하다 보면 갑자기 배가 고파진다. 뭘 먹고 나면 졸리고, 하품을 하다 보면 애들이 집으로 돌아올 시간이다. 그런 식으로 미루고 미루면서 밤마다 악몽을 꾸고 낮이면 성난 편집자의 환영, 환청에 시달리다 보면 어느덧 마감 전날! 그때부터는 울면서 나 자신을 저주하고 내 가혹한 운명을 저주하고 주위의 모든 사람을 저주하면서 정말로 글을 써야 할 때다. 더 이상은 이렇게 살고 싶지 않다. 이렇게 살아서도 안 된다. 화장실에서 뒤를 닦고 나오지 않은 기분이 24시간마다 연속 재생되는 상태로 평생을 살아야 하다니, 끔찍하다.

그래서 나는 종종 내 인생을 풀을 먹여 다리미로 주

름 한 점 없이 빳빳하게 다리고 싶은 충동에 사로잡힌다. 이를테면 도미니크 로로의 『심플하게 산다』 같은 고상한 책을 읽고 났을 때처럼. 잡지나 인테리어 서적에서 싱크대 위에 물기 한 점 없고, 제멋대로 널린 아이들의 장난감도 없고, 서랍 속의 옷가지들은 유니클로의 베테랑 점원이라도 다녀간 듯 깔끔하게 개어져 있는 누군가의 집 사진을 보았을 때처럼. 블로그나 인스타그램에서 살림의 여왕의 인생을 훔쳐보았을 때처럼. 하루에 서너 시간, 집중해서 글을 쓰고 나머지 시간은 달리기를 한다는 무라카미 하루키의 수도자처럼 글 쓰는 방식에 대해 읽었을 때처럼.

하지만 사진은 사진일 뿐이다. 사진의 좋고 나쁨은 프레임 바깥에 있는 것들을 얼마나 완벽하게 잘라내느냐에 달려 있다. 다시 말해 자기 인생을 어떤 식으로 편집하느냐에 달려 있는 것이다. 집 안을 먼지 한 점 없는 완벽한 상태로 유지하기 위해서는 입에서 단내가 나도록 쓸고 닦아야 한다. 나처럼 처음엔 의욕에 불탔다가 금세 기력이 떨어져 짜증을 부리곤 하는 사람에게는 어울리지 않는 일이다. 무라카미 하루키는 어쩌면 만 명 중에 한 명 나올까 말까 할 정도로 유별나게 성실한 사람인지도 모른다. 도미니크 로로가 짜증 나는 잔소리꾼에 성격 파탄자일 가능성도 없지 않다(사실 그랬으면 좋겠다).

결국 남의 인생은 남의 인생일 뿐이다. 어느 정도 참고하는 것으로 족하다. 나에게 맞는 인생은 나 스스로 발견할 수밖에 없는 것이다.

그럴 때 나는 스티븐 킹의 글쓰기에 관한 책 『유혹하는 글쓰기』에 나온 이야기를 떠올린다. 호러의 제왕일 뿐만 아니라 지치지 않고 책을 펴내는 정열적인 작가이기도 한 그는 젊은 시절 다락방을 전전하며 공장에서 일하고 돌아온 밤마다 지친 몸으로 글을 썼다. 그는 그때 자신만의 서재에서, 커다랗고 단단한 떡갈나무 책상 앞에 앉아 글을 쓰는 것이 꿈이었다고 고백했다. 실제로 마법처럼 성공을 거둔 후 그는 정말 그렇게 했다. 그러나 킹은 그 기간 동안 술과 마약에 취해 있었다. 겨우 겨우 술을 끊고 난 후 그는 그 커다란 책상을 치워버리고 방 한구석에 작은 책상 하나를 놓았다. 그리고 다시 성실하게 글을 쓰기 시작했다. 킹은 이렇게 말했다.

> 우선 이것부터 해결하자. 지금 여러분의 책상을 한구석에 붙여놓고, 글을 쓰려고 그 자리에 앉을 때마다 책상을 방 한복판에 놓지 않은 이유를 상기하도록 하자. 인생은 예술을 위해 존재하는 것이 아니다. 오히려 그 반대이다.*

맞는 말씀이다. 인생은 깨끗한 집을 위해 존재하지 않는다. 인생은 마감을 위해 존재하지도 않는다. 인생은 글쓰기를 위해 존재하지도 않는다. 인생은 완벽함을 위해 존재하지도 않는다. 완벽한 시간과 완벽한 장소를 기다린다면, 모 아니면 도의 인생을 살 수밖에 없다.

마찬가지로, 내게 필요한 것은 서재나 커다란 책상이 아닐지도 모른다. 나는 내 게으름과 두서없는 글쓰기

---

* 스티븐 킹, 『유혹하는 글쓰기』, 김진준 역(김영사, 2002)

방식과 재능 부족의 핑계를 서재와 책상에 대고 있는지도 모른다(공부 못하는 애들이 문제집 타령, 공부방 타령, 집안 타령하는 거나 마찬가지의 사고 체계다). 모든 것이 딱 떨어지는 상태를 언제나 갈구하는 것도 나의 문제다. 나는 그런 상태에 도달하지 못할 것이다. 나는 그렇게 살 수 있는 사람도 아니고, 솔직히 내 주변에서 그렇게 살아가는 사람을 본 적도 없다.

실제로 내가 좋아하는 사람들은 수녀나 성인군자처럼 사는 사람이 아니라, 완벽함 따위는 지그시 밟아 무시할 줄 아는 사람들이다. 힘든 산행의 절반쯤에 다들 억지로 힘을 내어 올라가고 있을 때 "이 정도 왔으면 됐지 뭐." 하고 내려가 버리는 사람들을 나는 좋아한다. 하루 종일 집 안을 쓸고 닦기보다는 눈에 보이는 더러움만 적당히 치우고 느긋하게 웃을 수 있는 사람을 나는 좋아한다. 어떤 상황에서건 아무거나 잘 먹는 사람을 나는 좋아한다. 어수선한 분위기의 민박집에서도 부티크 호텔이나 다를 바 없이 즐겁게 지내는 사람을 나는 좋아한다. 자신이 속물이라는 사실을 쿨하게 인정하는 사람을 나는 좋아한다. 완벽해지느라 스스로를 들들 볶는 대신에 자신에게도, 남들에게도 관대한 사람을 나는 좋아한다.

오랜 시행착오 끝에 이제 나는 안다. 글을 쓰기에 완벽한 장소는 없다. 단지 글을 쓰기에 완벽한 시간이 있을 뿐이다. 마감이 코앞에 닥쳤을 때, 내 원고를 기다리고 있을 성난 편집자의 얼굴이 떠오를 때, 그에게서 전화가 걸려 오지나 않을까 노심초사할 때. 그럴 때는 버스 터미널이나 만원 지하철 안, 심지어 시장 한복판이나 공중 화장실에서도 쓸 수 있다. 다시 말해 완벽한 장소라는 것은 존재하지 않는다. 그냥 그때그때 상황에 맞춰 해나가는 것이다. 어쩌면 그렇게 사는 게 인생인지도 모른다.

원칙을 세우는 것은 중요한 일이다. 아무런 원칙도 없이 이렇게 저렇게 흘러가는 대로 살아갈 수는 없는 노릇이다. 우리가 바라던 대로 살 수 있다면 더할 나위 없을 것이다.

하지만 누군가가 그랬다. '완벽하기에는 인생이 너무 짧다'고. 적당한 느슨함, 적당한 지저분함, 적당한 게으름, 적당한 혼란, 적당한 비겁함, 적당한 무책임. 그런 것을 배워나가는 것이 인생인지도 모른다.

생협에서 삽니다

스무 살에 독립한 후 20년 가까이 가계를 꾸려왔지만, 나는 조목조목 가계부를 쓰고 내가 쓴 예산을 지키고 결산을 하고 반성을 하고 다음 달에 또 수입과 지출을 맞추는 데는 절망적이라고 할 정도로 재능이 없었다. 솔직히 재테크에 성공하려면 가계부부터 써야 한다니까 쓰긴 했다. 그러나 구겨진 영수증을 펼쳐들고 10원 단위까지 꼼꼼히 기록하면서 왜 이걸 써야 하는 건지 의아할 때가 한두 번이 아니었다. 드라마 재방송 볼 시간도 없는 와중에 가계부를 다시 들여다볼 시간이 어디 있겠나(이래서 내가 돈을 못 모으는 거겠지)? 게다가 이렇게 발버둥을 쳐봤자 다음 달에는 또 적자일 것이 빤했다. 세상은 넓고, 사고 싶고 갖고 싶고 먹고 싶은 건 너무 많았으니까.

그렇게 몇 년을 보낸 후, 맞벌이하며 모은 돈을 유럽 여행도 아니고 새 차도 아닌, 식비 지출에 거의 다 탕진했다는 충격적인 사실을 깨달았다. 매 끼니 근사한 레스토랑에서 스테이크를 썬 것도 아니고, 거의 매일 냉장고 문을 여닫으며 "먹을 게 없다."고 읊조리며 살아왔는데 이게 웬일이란 말인가? 그리고는 남편이 벌어다 주는 월급을 알뜰살뜰 불려 알짜배기 건물 몇 채를 소유한 재테크의 여왕이 되기는커녕, 평생 다음 달 월급만을 기다리면서 아등바등 살아가는 신세로 늙어갈 내 미래가 신이라도 내린 듯 눈앞에 선명하게 펼쳐졌다.

충격과 절망에 휩싸여 나름대로 분석한 우리 집 가계 파탄의 가장 큰 이유는, 바로 마트 쇼핑과 습관적 외식이었다. 나도 주말이면 남들 다 그러듯이 마트로 향해 별로 필요하지는 않지만 있으면 좋을 것 같은 물건들과 1+1로 할인하는, 이 기회를 놓칠 수 없는 물건들을 카트 안으로 던져 넣었다. 이번에는 꼭 10만 원 이하로 사겠다고 다짐했건만, 그건 168센티미터 키에 48킬로그램의 몸무게만큼이나 비현실적이고 불가능한 목표였다.

사들인 것을 집으로 이고 지고 돌아와 냉장고 속에 쑤셔넣고 나면 너무 피곤해서 밥할 기운도 없었다. 피자를 주문하고 치킨을 주문했다. 오늘은 밥하기 싫다, 왠지 기분이 꿀꿀하다, 집안 꼴이 거지 같다, 먹을 게 하나도 없다는 핑계로 종종 외식을 했다. 그리고 다음 주 중반쯤에는 또 먹을 것이 없다며 냉장고 문을 여닫았고, 주말에는 또다시 마트로 가서 지난주처럼 카트 속에 물건들을 쓸어 담았다. 몇 주 후에는 야채 칸 구석에서 정체불명의 검은 액체로 가득 찬 봉투(원래는 상추였다) 같은 것이 대거 발견되곤 했다. 잦은 외식 덕분에 정작 필요한 곳에 써야 할 돈은 없었고, 뱃살은 나날이 두둑해졌다. 대책이 필요했다.

그 와중에 나는 생협에 가입했다. 생활협동조합. 생산자와 소비자가 조합원으로 참여해 조합비를 내고, 조합에서는 생산자에게서 사들인 생산물을 소비자에게 판매한다. 그러니까 회원제 직거래 시스템인 셈이다. 주로 먹거리와 생활용품을 판매하여 이윤은 생산자와 소비자를 위해 재투자한다.

돈을 절약하기 위해서 가입한 건 아니었다. 생협의 유기농 식품은 비싸다는 편견이 있었고, 회원만이 이용할 수 있다는 매장은 폐쇄적인 분위기를 풍겼으니까. 하지만 이왕 식비 때문에 파탄 난 인생, 좋은 것이라도 먹고 파탄 나 보자 싶었다. 마트를 끊고 생협 식품을 사고 동네 슈퍼를 활용하니 오히려 생활비가 줄더라는 이야기를 책이나 신문 기사에서 읽은 기억도 났다.

생협마다 조금씩 다르지만 내가 가입한 한살림은 국내에서 생산된 물품, 제철 식품만을 판매한다. 물품의 거의 대부분이 유기농, 무농약, 친환경 농산물이고, 가공식품이라 하더라도 첨가물이 거의 들어 있지 않다. 결국 마트에 비해 선택할 수 있는 물건의 폭이 엄청나게 좁아진다. 그냥 있는 것 중에서 고르라는 식이다.

처음에는 생협에서도 마트에서 물건을 쓸어 담듯이 쇼핑을 했다. 당연히 마트에서 쇼핑할 때와 비슷하거나 더 많은 액수가 나왔다. 매장에 직접 가지 않으면 배달 주문을 해야 하는데, 지역마다 배송일이 정해져 있어 오늘 주문해도 3~4일 후에나 받을 수 있다. 4일 후부터 필요한 물건을 미리 계산해 장을 봐야 하는 거다. 불편하기 짝이 없었다. 게으르고 계획성 없는 내가 과연 이 짓을 얼마나 오래 할 수 있을지, 확신이 들지 않았다.

며칠 후 집으로 배달된 상품은 어딘지 모르게 정이 넘쳤다. 흙이 묻은 채소는 한눈에 보기에도 싱싱했다. 배추와 무는 씻어서 그냥 먹어도 달았다. 과일은 알이 작거나 껍질이 지저분해 보였지만, 말도 못하게 맛이 있었다. 그냥 사 먹던 과일이 그냥 단맛이었다면 이건 달기도 하고 시기도 한 복합적인 맛이었다.

한 번, 두 번 주문 횟수가 늘어나면서 신기하게도 조금씩 식재료 구입비가 줄어들기 시작했다. 비싸게 주고 산 식재료라 아까워서라도 썩혀 버리지 못했다. 사과 한 쪽도 씨만 빼놓고는 열심히 다 먹었다. 당근 껍질, 양파 껍질 버리는 것조차 아까웠다. 농약 안 치고 깨끗하게 키웠다는 믿음이 있기에 껍질째 먹어도 거리낄 게 없었다. 제힘으로 큰 채소들은 쉽게 무르거나 시들지도 않았다. 전에는 무조건 냉장고 속에 쑤셔 넣었던 채소들의 일일이 보관법을 확인해 정리하기 시작했다. 상하기 전에 재빨리 요리하거나 다듬어서 밀봉해 냉동실에 넣었다.

게다가 생협 물품은 비싸다는 선입견과 달리, 유기농이라는 점을 고려해도 마트의 일반 채소와 가격 차이가 거의 없었다. 심지어 시중에 판매하는 유기농 제품에 비해 저렴하기까지 했다. 이게 다 직거래 시스템 덕분이었다. 오늘 주문하면 4일 후에나 받을 수 있기에 냉장고 속 떨어져 가는 식재료가 무엇인지, 다음 주에 필요한 식재료가 무엇인지를 꿰고 있어야 했다. 자연히 쓸데없이 사거나, 있는 줄 모르고 또 사는 물건도 줄어들었다(생각을 많이 해서 머리도 좀 좋아진 것 같다). 더불어 문을 열 때마다 눈사태처럼 뭔가가 쏟아져내려 발등을 찍고, 음식들이 조화롭게 썩어가던 냉장고에 여유가 생기기 시작했다.

생협 물품에 만족하게 되니 마트 출입이 점점 줄어들었다. 라면 하나 살 때도 뻔질나게 드나들던 마트였는데, 어느 순간부터 마트에 차를 몰고 가서 주차를 하고, 카트를 끌며 드넓은 매장을 돌아다니고, 그 물건들을 줄을 서서 계산한 후 차에 싣고 오는 일이 힘들고 귀찮아졌다. 급할 때마다 필요한 것들은 동네 슈퍼에서 조달하면서 동네에서 파는 물건이 마트보다 싸기도 하다는 것을 알게 되었다. 선택의 폭이 좁은 생협 쇼핑을 해서 몸에 좋은 제철 식품을 먹는다는 만족감도 생겼고, 좋아하는 과일의 철이 돌아오기를 목이 빠지게 기다리다 맛보는 기쁨도 알게 되었다.

외식에 대한 욕구도 거의 사라졌다. 전에는 재료 본연의 맛을 감추는 양념 가득한 요리를 주로 해먹었다면, 요즘은 재료에 대한 믿음이 있기에 별다른 가미를 하지 않은 요리를 주로 한다. 내가 좋아하는 요리는 푸드 스타일리스트 이이지마 나미 스타일의 야채구이다.

양배추와 양파, 브로콜리, 방울토마토 등 다양한 색의 채소를 큼직하게 썰어서 올리브유를 두른 프라이팬에 소금과 후추 양념만 해서 구우면 되는데, 그것만으로도 정말 끝내주는 맛이다. 양도 푸짐하고 색도 예뻐 그릇에 담아내면 그럴듯해 보이는 것은 물론이다.

이런 식으로 간단한 식생활을 꾸리다 보면 매 끼니 떡 벌어지게 차려야 한다는 부담이 줄면서 동시에 식비도 줄어든다. 담백한 식단에 적응하니 조미료와 양념으로 범벅이 된 외식 메뉴에 실망하는 일도 많아졌다. 이 돈이면 생협에서 비싼 한우를 실컷 사서 맛나게 구워 먹겠다는 주부 9단 마인드가 생겼다. 대신 일주일에 한 번씩 좋아하는 식당에서 맛있는 요리를 사 먹는다. 쾌락은 조금 유예할수록 더 커지는 법이라 들었다. 예전에는 별생각 없이 했던 외식이었는데, 요즘은 '다음 주에는 어딜 가서 뭘 먹을까' 궁리하며 즐거워하게 된다.

나는 생협 예찬자이지만, 아이에게 유기농이 아닌 것이라면 입에 닿지도 못하게 하고, 밍밍한 뻥튀기를 쥐

여주는 엄마는 아니다(나 보고 뻥튀기만 먹고 살라고 하면 못 살 거다. 그게 가장 큰 이유다). 나는 우리 아이들이 좋은 것도, 나쁜 것도 실컷 맛보면서 자라기를 바란다. 그러면서 결국에는 무엇이 자신에게 좋은 것인지를 스스로 선택하기를 바란다. 밭에서 직접 키운 토마토의 살아 있는 맛을 알고, 배기가스로 범벅이 된 포장마차 떡볶이의 중독적인 감칠맛도 알기를 바란다. 무엇보다 아이들이 음식 가지고 까탈 부리는 어른으로 자라지는 않았으면 좋겠다. 더불어 음식 가지고 까탈 부리는 사람들을 이해하는 어른으로 자라기를 바란다.

그리고 또 나는 내 아이들이 좀 더 좋은 세상에서 자랐으면 좋겠다. 아이들이 시궁창 같은 나라에서 저만 잘살게 되기를 바라지 않는다. 나는 높은 담과 무장 경비원이 지키는 대저택에 살면서도 집 밖의 빈민가와 우범지대를 피해 다녀야 하는 나라보다는, 옥탑방에 살아도 멋진 공원과 문화적 향취와 세련된 사람들로 넘치는 나라에서 살고 싶다. 그리고 내 아이들도 그렇게 살 수 있기를 바란다.

그러기 위해서는 나만 잘 살아서 될 일이 아니다. 나도 잘 살고 너도 잘 살아야 한다. 우리 동네 사람이 실직해서 우울증에 걸리거나, 술독에 빠지거나, 애들을 학대하면 우리 동네가 불행해진다. 옆 사람이 뒤처졌을 때는 같이 걸음을 좀 늦추면서 손을 잡아줘야 살 수 있다. 같은 이유에서 땀 흘리며 일해도 제값을 받지 못해 농부들이 농사를 포기한다면 당장 우리가 먹을 것들이 없어진다. 물건을 살 때마다 유해물질과 농약성분을 의심해야 한다면 사는 게 참 피곤할 거다.

생협은 이런 위험과 불안에 대한 방어책인 동시에, 함께 사는 세상을 위한 대안이다. 빤한 얘기지만, 인간은 혼자서 살 수 없으니 말이다.

나와 다른 사람

나는 지금 연희동의 좋아하는 카페에 앉아 있다. 낡은 2층 건물의 2층에 있고, 어쩐지 공장 같기도 하고, 어쩐지 공대생의 작업실 같기도 한 카페이다. 여기 커피는 정말로 끝내주는데, 찐득찐득하고 고소하고 달콤한 에스프레소는 내가 언제나 찾아 헤매던 것이다. 직원들은 허세를 부리거나 으스대는 느낌이 없다. 조용하고 성실하게 해야 할 일을 할 뿐이다. 마치 공대생처럼 말이다.

어쩌면 내가 공대생에 대해 뭔가 오해하고 있는 것인지도 모른다. 내 주변에 공대생이 없기 때문이다. 다들 정서가 불안하고 말이 많은 인문계 또는 예술계들이다.

이 카페에 오기 위해 나는 버스를 세 번 갈아타고 지하철을 두 번 갈아탔다. 총 1시간 정도가 걸린다. 그런 불편을 감수할 가치가 충분한 카페다. 심지어 모든 커피가 3,000원이다. 아름다운 가격이다. 나는 거의 매일 동네에 있고 집에서부터 내가 운영하는 카페까지의 거리는 고작 2분 정도이기 때문에, 여기까지 오는 게 그렇게 힘들지도 않다. 오히려 그간 짬이 없어 못 읽었던 책을 지하철에서 읽을 수 있어 좋다. 예전에 서울까지 왕복 2시간 이상 출퇴근을 할 때는 매일 책을 한 권씩 읽어치웠다. 정말 좋았다. 나는 움직이는 공간에서 책을 읽는 것을 좋아한다.

이 카페에 몇 차례 드나들다 보니 눈에 익은 단골손님도 생겼다. 40대 후반이나 50대 초반쯤으로 보이는 나이 든 부부다. 그들은 카페라테를 두 잔 시켜놓고 오랫동안 앉아서 조용히 책을 읽는다. 카페라테를 다 마시면 계속 물을 가져다 마신다. 그리고 계속 책을 읽는다. 책을 읽다가 조용히 목소리를 낮춰서 책에 대한 이야기를 나누기도 한다. 좋아 보인다.

나도 남편과 그런 관계였으면 좋겠다. 그래본 적도 있다. 하지만 그건 그저 흉내를 내는 것이다. 남편은 가만히 앉아서 책을 읽는 타입의 남자가 아니다. 그는 주로 스마트폰을 꺼내어 게임을 한다. 나는 그런 그가 꼴 보기 싫다고 생각한다. 그래서 자꾸 시비를 건다. 우리의 데이트는 거의 매번 싸움으로 끝난다.

하지만 책을 좋아한다는 것이 스마트폰 게임을 좋아한다는 것보다 우월한 일일 수는 없다. 내 문제는 이런 자만심이다. 남편은 내가 평범한 사람들을 무시한다고 한다. 그걸로도 모자라 경멸한다고 한다. 그럴지도 모르지. 남편도 만만치 않다. 나는 게임을 하는 사람들을 경멸할지 몰라도, 남편은 무식하거나 가난하거나 매너 없는 사람들을 경멸한다. 나는 무식하고 가난하고 매너 없는 사람들이 어떤 사람들인지 알기 때문에 그들을 이해한다. 최소한 이해해야 한다는 건 안다.

남편 얘기를 하니 갑자기 흥분해서 손이 떨린다. 남편이 내 남편이 아니었다면 이렇게 미워하지 않아도 되었을 것이다. 사실 나는 남편이 나와 다른 사람이어서 좋다. 나처럼 예민하고 재수 없는 인간과 결혼했으면 당장 사달이 났을 것이다. 남편은 나처럼 복잡하지 않아서 좋다. 그는 단순하고 편안한 사람이다. 그런데 아이들을 다룰 때는 다르다. 아이들에게 그는 너무 신경질적이다. 자식이 아니라 형제를 대하듯 한다. 어쩌면 무녀독남, 외아들로 자라서일지도 모른다. 다시 그가 미워지려고 한다.

왜 좋아하는 카페에 앉아 누구에게도 방해받지 않는 시간을 즐기고 있으면서도 이렇게 화를 내고 있는 걸까. 내가 한심하다.

사실 어제는 우리의 결혼기념일이었다. 벌써 9년째다. 대단하다. 10주년에는 파리로 여행을 가자고 적금도 부어놨고 가려면 갈 수도 있을 정도의 돈이 모였다. 갈 수 있을지 없을지는 미지수다.

나는 버스를 세 번, 지하철을 두 번 갈아타고 좋아하는 카페를 기어이 찾아가는 타입의 여자다. 내게는 분위기가 중요하다. 일할 때는 누구에게도 방해받고 싶지 않다. 나는 언제나 어제보다 더 나은 사람이 되고 싶다. 남편은 아무도 없는 집에서 컴퓨터 게임을 하는 타입이다. 그에게 장소는 별 상관이 없다. 어제보다 더 나아지는 데도 관심이 없다. 오늘도 어제와 같은 자신이면 그저 족하다.

어쩌다 그런 여자와 그런 남자가 만나서 결혼을 하고 아이를 둘이나 낳았다. 그 아이들은 어떤 사람으로 자라게 될지 궁금하다.

함피의 기차역에서

스물한 살의 여름에 처음 남동생과 한 달 동안 동남아시아를 여행한 이후, 지금껏 거의 매년 빠지지 않고 여행을 다녔다. 방콕의 어떤 골목은 그냥 우리 동네 같고, 오사카나 교토는 옆집 마실 가듯 다녀올 수 있을 것 같은 기분이고, 작년에는 무슨 복인지 파리와 런던까지 다녀오는 평생의 소원을 이루었다(그것도 공짜로!).

하지만 여행을 간다고 아주 대단한 일을 하는 것도 아니고, 다녀왔다고 인생이 달라지는 것도 아니다. 게다가 나는 낯가림이 심한 만큼이나 낯선 곳도 별로 좋아하지 않는다. 낯선 숙소에 도착해 짐을 풀고 나면 울적한 기분마저 든다. 뭐 하러 그 돈을 들여 여기까지 온 걸까? 여행 기간이 일주일을 넘어가면 집에 돌아갈 날만 손꼽아 기다린다. 그런데 왜 나는 집에 돌아오자마자 다음 여행을 계획하는 걸까?

여행을 떠나면 나는 특별한 사람이 된다. 공항버스를 타는 순간부터 여행은 시작된다. 나는 공항에 가는 사람이야. 그것도 김포공항이 아니라 인천국제공항에.

인천국제공항에 도착하면 왠지 어깨가 펴진다. 출세했구나. 해외에도 다 가고. 감개가 무량하다. 이 공항에서 비행기를 타기 위해 기다리고 있는 사람들은 모두 노아의 방주에 오를 자격이라도 갖춘 사람 같다. 나도 선택받은 인간 중 하나처럼 느껴진다.

까다로운 출입국 심사를 거친다. 출입국 심사에서 가장 까다로운 것은 줄을 서는 것이다. 그렇게 열심히 줄을 서봤자 기다리는 사람은 나를 지긋지긋하다는 표정으로 쳐다보는 출입국 관리소 직원이다. 매일 나 같은 사람의 얼굴을 수백, 수천 명씩 봐야 하니 지긋지긋하기도 하겠다. 이해도 된다.

면세 구역으로 들어서면 이제부터 천국이 시작된다. 여기에는 치욕스러운 과거나 구질구질한 현재 따위는 없다. 반짝이는 면세품을 사들고는 비행기에 올라타 여길 떠나 버리기만 하면 된다. 그래서인지 모든 것은 미래 지향적이다.

면세 구역의 밥값이 아무리 비싸도 용서가 된다. 어차피 떠나버릴 것이기 때문이다. 화장실이 언제나 깨끗하다는 점도 정말 마음에 든다. 나는 지저분한 공중화장실에서는 일을 못 보는 까다로운 여자이기 때문이다. 사지도 않을 값비싼 명품들을 하염없이 구경하는 우리는 선택받은 사람들이다. 면세품을 살 기회가 허락되는. 어쩌면 평양의 백화점을 드나드는 고위층 가족들의 마음이 이런 걸지도 모르겠다.

비행기에 타서 자리를 찾을 때는 어리숙한 표정을 짓지 않으려고 노력한다. '하도 많이 타봐서 지겨워 죽겠네'와 같은 표정을 지으며 흥분을 억눌러야 한다. 어쩌면 스타벅스에 들어갈 때의 표정 관리와 비슷한 건지도 모른다. 호텔 조식 뷔페에서나, 홍대에 있는 클럽에 들어갈 때도 마찬가지다. 기내식이 나올 때도 마찬가지로 흥분을 억누르고, 가급적 뭐라도 남기려고 노력한다. 그래도 뭘 남긴 적은 거의 없다.

이런저런 표정 관리 과정을 거쳐 이국에 도착하면 묘한 세상이 시작된다. 무균질의, 갓 소독을 마친 것 같은 공항과는 달리 독특한 냄새와 다른 풍경과 낯선 말들이 세균처럼 버글거리는 곳. 이곳에서도 나는 특별한 존재다.

나는 이곳의 말을 못하는 사람이다. 나는 다른 얼굴을 가진 사람이다. 나는 돈을 쓰는 사람이다. 나는 곧 떠날 사람이다. 그래서 나는 특별대우를 받기도 하고, 무시를 당하기도 한다. 기분이 좋아질 때도 있고, 기분이 나빠질 때도 있다. 어쨌든 나는 특별한 사람이다.

내가 나고 자란 나라에서는 내가 지나가도 아무도 내게 관심이 없지만, 이곳에서는 모두 나를 쳐다본다. 어설픈 영어로 말을 걸어주기도 한다. 수작을 걸기도 한다. 친구가 되기도 한다. 사기를 치기도 한다. 내가 특별한 사람이기 때문이다.

거리에서 마주치는 다른 외국인들 역시 마찬가지일 것이다. 자기 몸의 반 정도밖에 안 되는, 아마 나이도 반밖에 안 될 젊은 현지인 여자친구의 손을 놓칠새라 꼭 잡고 있는 서양 노인은 자기네 나라에서는 누구에게도 환영받지 못할 존재인지도 모른다. 이혼한 부인은 고개를 절레절레 흔들고 자식들은 연락조차 안 하는 사람일 수도 있다.

구릿빛 피부를 꿈꾸며 7박 8일을 해변에 누워 있었으나 인종 특성상 화상 환자가 되어버린 새빨간 서양 젊은이는 고향에서는 여자들의 눈길조차 끌지 못하는 연애 불능자인지도 모른다. 하지만 여기서는 낯선 사람들에게도 서슴없이 말을 붙이는 쾌활하고 사교적인 사람으로 자신을 포지셔닝하고 있다.

나 역시 마찬가지다.

정말 이런 한심한 이유 때문에 여행을 떠나는 걸까?

그렇지만은 않을 거라고 믿고 싶다. 우리가 여행을 떠나는 이유는 어느 순간 그런 환상이나 허위에서 깨어나기 위해서일지도 모른다. 나 자신의 민낯을 보기 위해서 말이다.

그때 나는 두 달째 인도를 홀로 여행 중이었다. 외로움에 찌들어 마지막 여정을 함피라는 시골 마을로 정했다. 여기서 3일 정도 머물다가 뭄바이로 가서 비행기를 타고 집으로 돌아갈 예정이었다. 함피로 가기 전 호스펫의 버스 정류장에서 내 뒤쪽에 앉아 있던 동양 여자가 내게 말을 걸었다.

"어느 나라 사람이니?"

나는 한국 사람이라고 말했다. 그랬더니 오랜 여행에 찌들어 있는 것 같던 그 여자는 "아하" 하고 심드렁한 감탄사를 내뱉고는 고개를 돌렸다. 나는 그 여자를 이해할 수 있었다. 이제 우리는 누군가에게 외국어로 자신을 소개하고 이해시키는 것에 완전히 지쳐 있었던 것이다. 그럼에도 조금 기분이 나빴다.

함피로 가는 버스 안에서 내 옆에 선 프랑스 남자는

바캉스를 온 파리 출신의 금융권 종사자였다. 우리는 몇 마디 대화를 나눴고, 그가 전혀 내 타입이 아니었음에도 나는 그와 친해지기를 꿈꿨다. 하지만 몇 마디 말 후에 대화는 끊어졌다.

함피에 내려 숙소를 찾으러 다니다가 나는 그 프랑스 남자가 버스 정류장에서 만난 동양 여자와 함께 다니는 것을 보았다. 속이 쓰렸다. 나는 저녁 내내 홀로 마구간 같은 숙소 방에 누워 있었다. 밖에서 외국 사람들이 떠드는 소리가 들렸다. 하지만 그들 사이에 낄 용기가 나지 않았다.

다음 날이었다. 내일 밤 떠나는 기차를 탈 때까지 뭘 해야 하나 고민하면서 함피의 한국식 칼국숫집(한국 사람들이 칼국수와 김치 만드는 법을 가르쳐주었단다)에 앉아 있는데, 한 무리의 한국인들이 나타났다. 그들 중 여자 두 명은 한국에서 출발한 비행기에 같이 탄 여자들이었다. 한 명은 슈퍼모델 출신의 미인으로, 남자들은 어쩐지 슈퍼모델에게 잘 보이려 애를 쓰고 있는 것처럼 보였다.

나는 어쩌다 그 사람들 틈에 끼어 사원에 가고 시내에 가서 인도식 치마도 맞추기로 했다. 나는 그 일들 중 하나도 하고 싶지 않았는데, 단지 누군가와 함께 있고 싶어서 그들 틈에 끼려 애를 쓰고 있었던 것이다. 그러다 그들이 기차표를 예매하는 데까지 따라가서는 알게 되었다. 내가 예매한 기차는 내일 밤이 아니라 오늘 밤 떠난다는 것을. 날짜를 착각했던 것이다. 오늘 밤 여길 떠나는 기차를 타지 않으면 나는 내일 집으로 가는 비행기를 타지 못한다.

정신없이 그들에게 인사를 하고 숙소로 다시 돌아갔다. 그들 중 누구도 나와의 이별을 아쉬워하지 않았다. 짐을 꾸려서 곧바로 기차역으로 달려가서는 플랫폼 바닥에 주저앉아 한밤중에 출발하는 기차를 기다렸다. 그곳에는 나처럼 여길 떠나려는 사람들이 몇 있었다.

시골 기차역은 어두웠다. 나는 할 일도 없이, 말할 상대도 없이 홀로 앉아 있었다. 나는 너무 지쳐 있었다. 평생을 이렇게 살아왔고, 또 평생을 이렇게 살아가야만 할 것 같았다. 어둠 속의 선로를 응시하면서 고국에 있었다면 겪지 않았어도 될 외로움에 뼈까지 저렸다. 그때 저쪽에 모여 있던 프랑스 남자들 중 한 명이 내게 말을 걸었다.

어디에서 왔니?

한국에서.

한국은 여기서 기차 타고 갈 수 있는 곳이야?

헛! 그럴 리가. 비행기 타고 가야 해.

그렇구나. 난 요리사야. 니가 생각하기엔 프랑스 요리사가 한국에서 일하는 거 어떨 거 같니?

글쎄.

그때 알았다. 나는 말주변이 없는 사람이었다. 말주변이 없는 사람이 영어를 잘하기는 어렵다. 왜냐하면 말은 많이 할수록 늘기 때문이다. 하루 종일 입을 닫고 있는 사람이 어떻게 영어를 잘하겠는가. 나도 말을 잘하고 싶었다. 농담도 하고 옆 사람을 때리면서 웃고 싶었다. 별것 아닌 일로도 호들갑을 떨면서 있는 수다, 없는 수다를 풀어내고 싶었다. 나는 내가 아닌 사람이 되고 싶었다.

그랬더라면 버스 정류장에서 만난 동양 여자와 의기투합해서 함께 숙소를 구할 수도 있었을 것이다. 프랑스 남자와 사랑에 빠질 수도 있었을 것이다. 한국인 무리의 마스코트 같은 존재가 될 수도 있었을 것이다. 프랑스 요리사와 인도에서 프랑스 식당을 차릴 수도 있었을 것이다.

하지만 나는 그 인생 중 어떤 인생도 잡지 못했다. 내가 잡지 못한 모든 인생들이 어둠 속의 철로를 따라 지나가 버렸다. 내가 미웠고 내가 싫었다. 이렇게 태어난 내가 짜증스러웠다.

얼마 후 기차가 도착했다. 나는 기차에 올라탔다. 내가 남겨두고 온 것들을 향해 다시 떠났다. 일말의 망설임도 없이 비행기에 올랐고, 담담하게 내가 떠나온 것들을 다시 맞아들였다. 그리고 다시 특별할 것도 없이 평범한 나로 살아가기 위해 마음을 추슬렀다. 내가 나인 것을 받아들였다.

바로 그런 것을 위해서 나는 떠났던 것이다.

+ 그 후의 이야기

여행이 싫어졌습니다

이 책을 낸 뒤 나는 『여행이라는 참 이상한 일』을 썼다. 그리고 그 책을 쓰면서 여행 글쓰기가 이렇게 어려운 줄 처음 알았다. (빌 브라이슨 선생님, 존경합니다.) 아무리 열심히 묘사해도 그때의 느낌과 분위기를 내 글이 따라가지 못한다. 좌절, 좌절의 연속이다.

동시에 나는 내가 여행을 별로 좋아하지 않는 사람이라는 사실을, 내게 여행이 별로 맞지 않는다는 사실도 깨달았다. 이럴 수가. 20대 내내 낯선 타국에서 온갖 개고생을 하고 나서 40년 만에 그런 사실을 깨닫다니, 나는 어쩜 이다지도 비효율적인 인간인 것인가.

그래서 요즘의 나는 1년에 한 번쯤 교토에나 살랑살랑 가는 여자가 되어버렸다. 더 이상 고생은 싫다. 내 인생이 오지인 마당에 오지 탐험이 웬 말이냐.

20대의 어린 시절 내가 했던 여행들은 그때의 내게 꼭 필요한 것이었다. 20대의 나는 내가 누구인지 잘 몰랐다. 내게는 나를 발견할 수 있는 다양한 방법들이 필요했다. 쓸 수 있는 모든 패를 꺼내 쓰고, 해볼 수 있는 모든 방법들을 시도해봐야 했다. 이상을 향해 달리다 고꾸라지거나 실망한 채 뒤돌아서는 경험들이 필요했다. 아주 먼 곳에서 나 자신을 만나야 했다.

20여 년이 지난 지금의 내게는 그런 일들이 별로 중요하지 않다. 나는 이제 이것이 나라는 사실을 받아들인다. 좋으나 싫으나 이 몸뚱이와 정신머리를 끌고 다녀야 한다는 사실을 받아들인다. 나 자신을 발견하기보다는, 가족을 돌보고 생계를 꾸려나가고 하고 싶은 일을 제대로 해내기 위해 애쓴다. 그리고 전처럼 여행을, 떠나는 일을 갈망하지는 않는다.

대신 나는 움직이지 않는 여행을 한다. 같은 장소에서 같은 일상을 영위하며 조용히 그리고 규칙적으로 살아갈 때, 나는 여러 가지 자극들에 좀 더 민감해지는 것 같다. 매일 똑같은 것들을 매일 새로운 눈으로 바라보는 것, 그것이 내게는 더 중요한 일이다. 그러다가 도저히 견딜 수 없어질 때 훌쩍 떠나는 것이 좋다. 일상에서 떨어진 곳에서 내 일상을 바라본다. 눈에 익고 몸에 익은 것들이, 때로는 지겨워진 것들이 새로워 보인다. 잘 돌아오기 위해 떠나는 것이라는 말을 나는 여전히 믿는다.

이제 사춘기에 접어든 내 아이들이 좀 더 크게 되면 그 아이들도 스스로를 향한 여행을, 고독한 여행을 떠나게 될 것이다. 부모로서는 분명 걱정이 되겠지만 그럼에도 그 아이들이 내 걱정을 짓밟고 더 먼 곳을 향해 떠나보기를 바란다. 그 먼 곳에서, 거대한 세상에서 초라한 자신을 발견하고 의기소침해진 채로 돌아오기를 바란다. 그런 일이야말로 살아가면서 반드시 해야 하는 일 중의 하나이니까.

내 모험심의 불씨를 이제 그 아이들에게 넘겨준다.

그럴 때 엄마의 인생을 떠올린다

다른 20대들처럼 나도 20대 초반에는 자아 성취와는 하등의 관계가 없는, 그저 돈을 벌기 위한 일자리들을 전전했다. 나는 보쌈집에서 서빙을 했고, 비디오 대여업 협회인지 뭔지 하는 데서 비디오 가게를 돌며 비디오 판매사의 횡포에 대항하는 서명도 받아보았으며, 낯선 동네의 사거리에 서서 지나가는 자동차의 수를 조사하기도 했고, 아예 휴학을 하고 모르는 사람들에게 전화를 걸어 그 사람이 졸업한 대학의 인명부를 팔기도 했으며, 백화점에서 잠깐 일한 적도 있고, 심지어 지하철 안의 광고판에다가 컴퓨터 학원의 전단지를 꽂는 일도 했다.

그러나 나는 딱히 절박하지는 않았고 그런 일을 해도 나 자신이 불쌍하게 느껴지지는 않을 상황이었다. 내게는 부족하나마 다달이 집에서 부쳐주는 용돈이 있었고 학자금을 갚을 필요도 없었으며 앞으로 영원히 이런 일을 하면서 살아갈 거라고는 꿈에도 생각하지 않았고(그럼 대체 뭘 하며 살아갈 거라고 생각했던 걸까?) 무엇보다 내가 돈을 번 목적은 태국과 인도로 여행을 떠나기 위해서였기 때문이다. 심지어 나는 고학력자의 위선까지 떨었는데, '돼지고기로 만족할 수 있는 것을 소고기를 먹기 위해 죽도록 일하지 않겠다'거나 '머리를 쓰는 건 따분하고 한심한 일이니까 몸을 쓰는 일을 하겠다'는 따위의 말도 안 되는 각오까지 칼처럼 품 안에 품고 있었다.

진짜 공포는 대학을 졸업할 즈음에야 닥쳐왔다. 내가 가진 졸업장과 성적표와 스펙으로는 웬만한 직장엔 명함도 못 내민다는 사실을 깨달았기 때문이다. 그러니까 나는 돼지고기를 먹으면서, 아니 풀뿌리를 씹으면서 유라시아를 횡단하다가 자아도 찾고 날 데리고 살아줄 멋진 남자도 찾는 인생을 사는 대신에, 그제야 발등에 불이라도 떨어진 듯 소고기를 먹어볼 생각을 했던 것이다. 결국은 잡지사에서 1년 동안이나 한 달에 30만 원을 받으며 아르바이트를 한 끝에야 겨우 진짜 직장을 잡아서 한 달에 100만 원이 조금 넘는 돈을 받을 수 있었다. 심지어 내 책상과 내 컴퓨터와 내 전화기를 할당받았을 때는 감격해서 눈물이 날 뻔했다.

아파트를 떠나 단독주택 밀집 지역에 이사를 오고 나서 나는 처음으로 빈곤 또는 저소득층이라 불릴 만한 사람들과 가까이 지내게 되었다. 물론 내 친척들은 모두 형편이 좋지 않고 나의 친정 역시 겨우 서민층에 턱걸이했던 시절이 분명 있었다. 하지만 내가 그들을 가까이에서 지켜봤던 것은 어린 시절이었고 '지금은 그냥 그렇게 산다더라'는 소식이나 전해 듣는 게 전부인 것이다.

우리 동네에 사는 지영이네는 한부모 가정이고 가난

하다. 물론 끼니를 거를 정도로 가난하거나, 길바닥에 나앉을 정도로 가난하지는 않다. 그래도 가난한 편이다. 지영이 아버지는 주정뱅이도 아니고 게으르지도 않고 무식하지도 않다. 솔직히 말해서 편견에 가득 찬 눈으로 보았을 때 깜짝 놀랄 정도로 여러모로 괜찮은 분이다. 지영이 아버지는 홀로 딸을 키우면서 맡길 곳이 없어 공장에서 퇴근하는 밤 8시에서 9시까지 아이를 방치해야 했다.

내가 지영이를 처음 만난 게 그 애가 1학년일 무렵이고, 2학년 말에야 우리 집에 오기 시작했으니까 몇 년간 그렇게 살았을 것이다. 동네 작은 공원에서 우리 아이들과 함께 놀다 이름을 알게 됐다. 그 애가 밤늦게 혼자 버스 정류장에 앉아 아빠를 기다리는 모습을 종종 봤다. 안쓰럽긴 했지만 내가 어쩔 수 있는 문제는 아니었다. 솔직히 괜히 얽힐까 두렵기도 했다.

몸서리치게 춥던 겨울의 어느 날, 혼자 동네를 서성이고 있는 지영이를 만났다. 도저히 그냥 넘길 수가 없어서 집으로 불렀다. 그 이후로 이사를 가기 전까지 몇 년간 지영이는 학교가 끝나면 우리 집에 왔다가 밤이 되어 아빠가 데리러 오면 집으로 돌아갔다.

가정 형편상 사교육을 받지 못했던 지영이는 학교 수업을 따라가기를 너무 힘들어했다. 원래 쾌활한 성격이지만 이런저런 이유로 주눅이 많이 들었다고 했다. 3학년 때부터 학교에서 영어 수업을 시작했는데 지영이는 3학년 말까지 알파벳도 몰랐다. 다른 아이들은 아마 유치원에 다닐 때 알파벳을 다 외웠을 것이다. 결국 지영이 아버지는 지영이를 위해 학습지를 신청하더니 이내 학원까지 보내기 시작했다. 아마 큰 부담이었을 것이다.

나는 언제나 그렇게 말하고 다녔다. 공부는 별로 중요하지 않다. 초등학생 때는 놀아야 한다. 공부는 못해도 상관없다. 좋아하는 일을 행복하게 하면 된다. 육체노동을 해도 행복하기만 하면 상관없다.

『대한민국 부모』라는 책에는 뉴질랜드 수리공의 이야기가 나오는데, 그 남자는 정해진 시간 동안 열심히 일한 후 점심시간이 되면 잔디 위에 드러누워 샌드위치를 먹으면서 책을 읽는다고 했다. 이 책의 저자는 대학 학위가 있건 없건, 전문직이든 단순 노동이든 이런 대우를 받고 이런 여유를 가질 수 있는 사회를 만들어야 한다고 했다. 하지만 실제로 저임금 단순노동을 하면서 행복하기란 거의 불가능에 가깝다.

미국의 저널리스트 바버라 에런라이크가 직접 저임금 노동자로 살아 본 1년간의 체험을 그린 『노동의 배신』이라는 책을 읽으면서 저임금 단순노동을 하던 내 대학 시절의 기억이 떠올랐다. 내가 그 일을 얼마나 싫어했는지, 평생 그런 일을 해야 한다면 사람의 영혼이 얼마나 망가질지를 말이다. 지금 당장 그런 일들을 하러 나가라고 하면 아마 어떻게든 피해보려고 할 것이다. 아니, 솔직히 고백하자면 도살장에 끌려가는 소의 심정일 것이다.

바버라 에런라이크는 미국의 밑바닥을 누비면서 그런 것들을 깨달았다. 그녀가 그런 일을 하면서도 영혼을 다치지 않았던 이유는(그녀는 힘든 노동을 마치고 돌아와 자신에게 주는 선물로 해변을 산책했다) 그게 그저 잠깐 동안의 외유였고, 그녀에게는 이 경험을 책으로 낸다는 다른 목적이 있었으며, 무엇보다 그녀의 가난한 부모가 어떻게든 광부의 삶에서 탈출해 자기 딸을 대학에 보내기 위해 애쓴 역사가 있었기 때문이다.

그렇다면 여기 이 나라는 어떨까. 이 나라의 밑바닥은 어떤 곳일까. 관공서 앞에 친 천막만 봐도 답이 나온다. 굴뚝 위에 올라가 있는 사람들만 봐도 알 수 있다. 나도 그들 중 하나가 될 수 있다.

그러고 나니 부모들의 공포가 이해되었다. 그들은 진심으로 자기 자식들만은 이런 삶을 살지 않기를 간절히 바라는 것이다. 그래서 그들이 할 수 있는 것은 어떻게든 학원이라도 하나 더 보내는 것뿐이다. 가슴이 뜨끔했다. 그런 그들의 무지를 비난했던 나 자신의 무지와 오만에 화가 났다. 그리고 또 부끄러웠다.

내가 아무리 나보다 잘사는 사람들, 비싼 식당에서 아무렇지도 않게 신용카드를 내밀고 백화점 매장에서 10만 원이 훌쩍 넘는 아이들 옷을 몇 벌씩 사고 휴가 때마다 외국의 리조트로 여행을 떠나는 사람들을 향해 가슴에 구멍이 뚫릴 것이라는 저주 아닌 저주를 퍼붓는다 해도, 그들은 내가 추운 집에서 구멍 뚫린 양말을 신고 앉아 식은 커피를 마시며 도서관에서 빌린 책을 읽고 있을 때, 열대 리조트의 풀사이드에 앉아 칵테일을 들이켜며 가슴에 뚫린 구멍을 간단하게 틀어막을 수 있을 것이다. 이러니 누가 부자를 마다하겠는가.

남편에게 경제력을 거의 의지하고 있는 요즘, 가끔 두려움이 밀려든다. 심지어 남편은 회사를 세 번이나 그만두고 이제는 작은 사업까지 하겠다고 나섰다. 회사에서 버티는 것도 힘든 세상에 자영업이라니, 남편의 사업이 잘 안 풀리기라도 하면 어떻게 될지 걱정이다. 엎친 데 덮친 격으로 남편이 사고를 당하거나 중병에 걸리면 어떻게 하지? 그렇다면 나도 이렇게 장사도 안 되는 북 카페의 주인 노릇이나 하면서 고상하게 살 수는 없을 것이다.

그럼에도 나는 생각한다. 우리 엄마의 인생을 생각한

다. 지금은 어딜 가나 멋쟁이라는 소리를 듣는 엄마가 어떤 식으로 삶을 헤쳐 나왔는지를. 기차 화물칸을 닦는 일부터 물수건 공장, 냉동식품 공장의 컨베이어 벨트, 슈퍼마켓 점원, 공사장 잡부까지, 30대의 엄마는 구멍난 가계를 메우기 위해서 온갖 일들을 닥치는 대로 했다.

엄마는 그때 물수건이 얼마나 더러운 것인지 알려주었고, 슈퍼마켓 단무지 포장 용기 안의 파리에 대해서도 이야기해 주었고, 하루는 아빠의 독일인 동료의 아내가 멋진 베레모를 쓰고 와서 반갑게 인사했다는 이야기도 해주었다. 엄마는 또 이야기했다. 공사의 구분이 존경스러울 정도로 철저했던 슈퍼마켓의 남자 상사에 대해서도, 상업고등학교를 졸업하고 냉동식품 공장에 곧장 취업을 한 어린 여자애들에 대해서도. 엄마는 말했다. 세상 어디에서도, 어떤 사람에게서도 배울 것은 있다고. 내가 그 일들을 해보지 못했다면 나는 평생 내 안에서, 겁쟁이로만 살았을 거라고.

엄마가 공사장에서 일을 할 때였다. 엄마와 함께 일을 했던 아르바이트생이 알고 보니 당시 나를 쫓아다니던(실제 상황이다) 옆 남학교 학생의 형이었다. 엄마는 그에게 내 이야기를 해도 되느냐고 조심스럽게 물었다. 엄마가 내 엄마인 걸 밝혀도 되느냐고 말이다. 나는 엄마가 공사장에서 일하는 게 하나도 부끄럽지가 않았으니까 "그러든지 말든지"라고 대답했다.

한겨울에 공사장에서 하루 종일 일하고 돌아온 엄마는 내게 군고구마를 가져다주었다. 공사장의 드럼통에서 불을 피울 때 구운 것이라고 했다. 사람들과 나눠 먹고 남은 것을 가져왔다고 했다. 그 군고구마는 크고 달고 참 맛이 좋았다. 나는 그저 맛있다고, 그렇게만 생각했다.

결혼의 조건

올해 서른셋의 미혼남인 동생이 블로그에 이런 글을 썼다. 잠깐 사귀던 어떤 여자와 마트에 갔는데, 그 여자의 (교양 없는) 걸음걸이를 보고는 그런 여자와는 평생 살 수 없을 것 같아 그만뒀다고.

어떤 상황인지 이해가 되면서도 정말 걸음걸이가 꽝인 여자와는 평생 살 수 없는 건지 궁금해졌다. 도대체 한 사람의 걸음걸이는 그 사람에 대해서 얼마나 많은 것을 보여주는 걸까? 나처럼 사람 보는 눈이 별로 없는 사람은, 게다가 처음 만난 사람에게 지독한 불신과 적개심을 품는 여자는 이런 것을 의심해 보지 않으면 안 된다. 어쩌면 나도 걸음걸이 때문에 어떤 사람에게 '불합격' 딱지를 붙이게 될지도 모르니까.

나는 스물여덟 살에 결혼을 했다. 스물여덟 살이라는 나이는, 얼핏 많은 것 같지만 결코 많은 나이는 아니다. 10년의 세월이 지나 보니 알게 된 사실이다. 스물여덟 살에는 아는 것보다 모르는 게 더 많다. 스물여덟 살에 나는 무얼 몰랐던가? 직장인 전세자금 대출, 맛있는 된장찌개 끓이는 법, 축의금의 적정 액수, 역류성 식도염의 존재, 출산의 고통, 모유 수유의 어려움, 공립 어린이집 등록 시기……, 수도 없다.

어쩌면 나는 아무것도 몰랐기 때문에 겁도 없이 결혼을 했는지도 모른다. 어쩌면 나도 남자의 걸음걸이까지 따져가며 결혼 상대를 골랐어야 했는지도 모른다. 그랬더라면 내 인생도 조금 나아졌을지 모른다. 후회가 된다.

하지만 반대로 생각해 보면, 별 대안이 없어 결혼을 한 거다. 평생 혼자 살게 될까봐 진짜 무서웠다. 지금 안

하면 못할지도 모른다고 생각했다. 이 남자 말고는 나를 좋아하는 남자도 없었다(사실 남자들은 다 나를 무서워하고 싫어했다. 왠지 그 이유를 알 것 같다). 그래서 남자의 걸음걸이고 뭐고, 일단 혼자 힘으로 걸을 수 있다는 데 후한 점수를 줘야 할 형편이었다.

잘은 모르지만, 어쩌면 서른이 넘은 괜찮은 남자들, 괜찮은 여자들이 결혼 상대를 고르는 데 어려움을 겪는 이유는 그들이 너무 많은 것을 알고 있기 때문인지도 모른다. 사실 나는 스물여덟 살에 아무것도 몰랐다. 어떤 남자와 평생을 살아야 할지, 한 남자의 걸음걸이가 무엇을 말해 주는지, 결혼 전에는 상대의 무엇을 주의 깊게 봐야 하는지도 몰랐다. 아니, 결혼이 뭔지도 잘 몰랐다.

하지만 서른이 넘으면 20대 때보다는 더 많은 것을 알게 된다. '이 사람은 나와는 맞지 않을 것 같아', '저 사람과는 평생을 함께 살 자신이 없어' 같은 판단을 할 수 있게 되는 때도 보통은 서른이 넘은 후다. 스물여덟 살의 나는 그런 생각 같은 건 못 했다. 재수가 없었다면 정말 이상한 사람과 결혼했을지도 모른다. 다행히 10년 정도 살고 보니, 내가 결혼한 남자는 뭐 이런저런 결점은 수도 없지만, 그래도 평생을 같이 살기에 그다지 나쁜 사람은 아니다.

하지만 나 역시 내 남편에게 이런 점수를 주기까지 오랜 시간을 방황해야 했다. 결혼 후 5년 정도는 하루하루가 절망의 최고치를 경신했다고 해도 좋았다. 후회야 수도 없었다. 아무리 따져 봐도 이 사람은 내가 생각하던 그런 사람이 아니었다. 당연히 남편도 마찬가지였으리라.

이제 결혼 10년차인데, 우리는 여전히 싸우기도 하고 의심하기도 하고 절망하기도 한다. 하지만 그와 나는 농담이 잘 통한다. 인생의 대소사를 함께 고민할 수 있는 가장 좋은 의논 상대이기도 하다. 무엇보다 우리는 두 명의 아이가 초등학교에 다닐 나이가 되기까지 함께 기저귀를 갈고 재우고 입히고 먹인 동지다. 우리 사이에 싹튼 건 전우애다.

사랑이 전우애로 변질되다니, 정말 슬픈 일이다. 스물여덟 살의 나였다면 서른여덟 살의 내 미래에 통곡했을지도 모른다. 그런데 이상하게도 이게 별로 슬프지가 않다.

전에 나는 잡지에 쓴 글에 결혼 생활의 엄청난 장점을 이렇게 표현한 적이 있다.

> 얼마 전에 남편과 둘이서 야밤에 치킨을 폭풍 흡입하다가 닭뼈가 목구멍에 걸렸다. 거울 앞에서 입을 벌리고 보니 목젖 옆의 살에 정확하게 꽂혀 있는 작은 닭뼈가 보였다. 너무 깊숙이 박혀 아무리 해도 빠지질 않았다. 응급실에 가야 할지 심각하게 고민하고 있을 때 남편이 핀셋을 들고 다가왔다. 나는 입가에서 침이 흘러나올 정도로 입을 한껏 벌렸고 남편은 내 목구멍 속으로 핀셋을 넣어 닭뼈를 빼냈다. 내가 생각하기에 결혼의 진짜 좋은 점은 이런 거다. 한없이 추하게 입을 벌린 내 얼굴을 보고도, 내 목구멍 속에 손가락을 집어넣고도 내게 정이 (완전히) 떨어지지 않을 사람이 세상에 의사 말고도 하나 더 있다는

것, 한밤중에 응급실로 달려갈 필요 없이 그에게 도움을
요청할 수 있다는 것. 이 정도면 썩 괜찮지 않은가.

이 글에는 어마어마한 댓글이 달렸는데, 그 댓글 중 대부분이 닭뼈가 목구멍에 걸릴 수도 있다는 데 대한 충격과 경악이었다. (감사합니다.) 두 번째로 많은 댓글은 그런 것이었다. '고작 저런 걸 결혼 생활의 좋은 점으로 꼽다니, 네 인생이 불쌍하다, 쯧쯧.' (맞는 말입니다.) 그와 쌍벽을 이루었던 댓글은 '나는 저게 뭔지 정확히 이해한다'였다. 마지막에 'ㅆ;'라는 웃기고도 슬픈 이모티콘을 붙일 수밖에 없는 그들은 모두 기혼녀들이었다.

나는 인생에 너무 많은 것을 기대하지 않는다. 한때는 백마 탄 왕자가 나타나 나를 말에 태워 성으로 데려가 주리라 기대한 적도 있긴 했다. 하지만 그런 일은 일어나지 않았다(당연하다). 지금 나는 그 백마 탄 왕자가 하루 종일 엄청나게 중요한 일을 하고(돈도 많이 벌고) 집에 돌아와서는 내가 만든 음식은 다 맛있게 먹어주고, 그걸로 모자라 설거지도 해주고 음식물 쓰레기도

버려줄 것이라는 기대는 하지 않는다. 내가 통통 부은 얼굴에 매일 늘어진 추리닝만 입고 있어도 예쁘다고 말해 주기를 기대하지 않는다. 그 남자가 배우처럼 섹시하면서도 다른 여자에게는 눈길 한번 주지 않기를 기대하지 않는다. 다 가질 수는 없다. 그런 걸 나는 결혼한 후에 비로소 알았다. 크게 기대를 하지 않으면 뭐든 그럭저럭 견딜 수 있는 게 인생이다.

사실 나 역시 매 끼니 푸드스타일리스트처럼 한상을 차려내고 집 안을 먼지 한 톨 없이 깨끗하게 관리하며 아이들을 무한한 사랑으로 키우는 그런 이상적인 아내는 아니기 때문에, 할 말이 없기도 하다.

결혼을 하고 나면 반드시 '이건 내가 원했던 삶이 아니다', '이건 내가 기대했던 사랑이 아니다'라는 생각을 하게 된다. 십중팔구 그렇다. 왜냐하면 연애라는 것은 일종의 '이벤트'에 가깝고, 결혼은 '생활'이기 때문이다. 결혼이 생활이 아니면 대체 뭐란 말인가. 결혼이 어떻게 이벤트가 될 수 있나. 365일 24시간을 폭죽이 터지고 촛불 길이 깔리고 장미꽃 백 송이를 받으며 가슴이 터질 것처럼 두근거리는 상태로 살 수 있단 말인가.

그렇다면 우리는 사랑을 지키기 위해 결혼을 포기해야 하는 걸까? 사랑은 왜 이렇게 변하는 걸까? 『고민하는 힘』을 쓴 강상중은 사랑은 원래 그 모습이 계속해서 변해 가는 것이라 말했다. 중요한 것은 매 순간 둘 사이에 물음이 있고, 서로 그 물음에 대해 반응할 의지가 있는가 하는 점이라는 것이다.

돌이켜 보면 나와 남편이 10년간 함께 살 수 있었던 이유는 우리가 서로를 끔찍이 사랑해서라거나, 너무 잘 맞는 상대여서가 아니었다. 우리는 어쩌면 만나지 말았어야 할 상극 중의 상극인지도 모른다. 하지만 우리 둘 사이에는 늘 어떤 물음이 있었다. 이게 사랑일까? 우리의 사랑은 변한 걸까? 너는 나를 사랑하는 걸까? 나는 너를 사랑하는 걸까? 왜 나는 너를 사랑하는 걸까? 이렇게 사는 것이 최선인 걸까?

우리는 그럴 때마다 대화를 나누기도 했고 싸우기도 했고 편지를 쓰기도 했고 서로를 괴롭히기도 했고 선물을 하기도 했고 여행을 가기도 했다. 그럴 때마다 새롭게 깨닫게 된 것은 우리 둘 모두 서로를 변함없이 사랑하고 있다는 것이었다.

단지 그것을 잠시 잊었거나, 아니면 그 방식이 서로 다르다는 것이 문제일 뿐이었다.

그래서 나는 내 동생에게 이렇게 말해 주고 싶다. 나는 사실 남편의 걸음걸이를 정말 싫어해. 남편의 걸음걸이는 내가 어쩌면 끝까지 좋아할 수 없을 그의 어떤 것을 담고 있는지도 몰라. 어쩌면 그게 우리의 관계를 뿌리부터 갉아먹고 있을 수도 있겠지. 그건 누구도 모를 일이야.

동시에 나는 10년 동안 한 남자와 살면서 계속해서 이 남자를 새롭게 발견하고 있어. 2년째의 이 남자는 누구지? 3년째의 이 남자는 또 누구일까? 5년째의 이 남자는 또 누구란 말인가! 그러니까 우리가 타인에 대해 알 수 있다고 생각하는 건 엄청난 자만일지도 몰라. 어쩌면 상대방 역시 내 걸음걸이나 버릇 같은 것들에 넌

더리를 내고 있을 수도 있겠지. 사실 나는 그런 사람이 아닌데도!

그 여자의 걸음걸이 때문에 네가 그 여자와 잘 안 된 건 아니라고 믿어. 그건 빙산의 일각이었겠지. 너희 둘은 그냥 인연이 아니었던 거야. 나는 나이가 들수록 운명론자가 돼. 왜냐하면 내가 아무리 발버둥을 쳐도 이해할 수도 없고 막을 수도 없는 일들이 일어나기 마련이거든. 그럴 때 내가 뭘 할 수 있겠어. 받아들여야지. 결혼도 마찬가지야. 우리는 모두 결점을 지닌 인간들이기에 조금이라도 겸손해지려고 애쓰면서 상대를 있는 그대로 받아들이려고 노력할 수밖에 없어. 결혼은 결과가 아니야. 결혼은 오직, 시작일 뿐이야.

고양이와 개에 관한 진실

나는 고양이 같은 딸과 개 같은 아들을 키운다. 개 같다고 하니 어감이 좀 그렇지만, 아들은 정말로 개 같다. 개 같은 아들은 다정하고 사람을 잘 따른다. 스킨십을 좋아하고 별로 싫어하는 것도 없고 가리는 것도 없다. 주는 대로 잘 먹고 화가 나도 금방 잊어버린다. 배려심이 깊고 장난치는 것도 좋아한다.

반대로 고양이 같은 딸은 예민하고 섬세하다. 짜증이 많고 화도 많다. 어색한 것, 낯선 것, 이상한 것을 참지 못한다. 새침하고 낯을 가린다. 호기심이 많지만 절대로 먼저 다가가지 않는다.

고양이 같은 딸을 키우는 것은 무척 힘든 일이고, 개 같은 아들을 키우는 것은 대개 웃음이 나는 일이다.

생각해 보면 어린 시절 나 역시 고양이 같은 딸이었다. 엄마는 내 어린 시절을 기억할 때마다 고개를 절레절레 흔들었다. 여기서 한 말씀. 가끔 어떤 아이들, 특히 고양이과의 아이들은 어른들이 아무 생각 없이 던진 말조차 평생 가슴에 안고 산다. 그래서 엄마가 진담 반 농담 반으로 내 어린 시절을 지긋지긋했다고 표현할 때마다 '아, 나는 그런 사람이구나'라고 생각을 했다.

나는 그런 사람이었다. 나는 남들에게 미움 받을 만한 사람이었다. 그렇다고 내가 드라마나 소설 속의 감상적인 여주인공처럼 엄마를 증오하거나, 내가 살 가치도 없는 인간이라고 생각했다는 뜻은 아니다. 그냥 그런 말들은 언젠가 살갗 깊숙이 박혔던 가시처럼 혈관을 타고 떠돌아다니다가 결정적인 순간에 심장을 찌른다. 그러니까 누군가에게 거절을 당했거나, 연인에게 버림을 받았거나, 세상 누구에게도 사랑받거나 인정받지 못

할 것 같다는 불안감이 들 때 말이다. 아, 나는 그런 사람이지. 나는 원래 지긋지긋한 인간이지.

사랑을 샤워기에서 쏟아지는 물처럼 받고 자란다는 것은 어떤 느낌일지, 잘 모를 것 같던 때가 있었다. 나에게 엄마의 사랑은 언제나 부족했다. 나는 더 많은 사랑을 원했지만, 고양이과였던 나는 그런 마음을 표현하는 방법을 몰랐다. 젊은 나이에 결혼한 예민한 성격의 엄마 역시 그런 나를 이해하지 못했다. 고양이들은 서로를 이해하지 못한다.

그래서 나는 참으로 많이 싸워 왔다. 모든 것들과 싸워 왔다. 싸울 필요가 없다는 것을 깨달은 것은 결혼을 하고도 한참이 지난 후였다. 남편은 개과의 남자였다. 사랑을 샤워기에서 쏟아지는 물처럼 받고 자란 바로 그런 사람. 그래서 그에게는 남에게 줄 여분의 사랑이 마르지 않는 우물처럼 솟아났다. 그리고 두 명의 아이들을 얻으면서, 나를 세상에서 가장 사랑해 주는 두 명이 더 생겼다. 그들에게서 분에 넘치는 사랑을 받게 되자 나는 처음으로 사는 건 투쟁이 아니라는 사실을 머리가 아니라 마음으로 이해할 수 있었다.

사실 엄마는 그간 수도 없이 나에게 화해의 제스처를 보였다. 하지만 나는 그 손길을 뿌리치는 것으로, 도리어 엄마에게 독설을 퍼붓고 마음에 상처를 입히는 것으로, '당신은 내 인생에 있어서 조금도 중요하지 않은 사람'이라는 메시지를 보내는 것으로 어린 시절의 무의식적인 상처를 되갚았다.

하지만 엄마에게는 잘못이 없었다. 엄마 역시 외할머니의 사랑을 받지 못해 쩔쩔 매는 어린아이와 같았다. 엄마에게 들은 이야기로는, 외할머니 역시 사랑에 인색한 사람이었다.

그래서 나는 이 악연의 고리를 끊기로 했다. 하지만 쉽지는 않았다. 나는 맞고 자란 아이들이 왜 때리는 부모가 되는지를 이해한다. 가슴 아프지만 이해한다. 그들을 용서하지는 않지만 최소한 이해는 한다. 그들에게 그런 사람이 되지 않기란 극도의 자기 절제가 필요한 일이다.

나 역시 고양이 같은 딸에게 고양이 같은 엄마였겠지. 알게 모르게 딸에게 수도 없이 상처를 줬겠지. 그래서 고양이 같은 딸은 언제나 엄마가 예쁜 요정과 손을 잡고 있고 자신은 나무 뒤에 숨어서 그 모습을 지켜보고 있는, 그런 그림을 그렸겠지. 그 그림을 보고 얼마나 가슴이 아팠던지, 나는 자신에게 채찍질이라도 하는 심정으로 그 그림을 벽에 붙여 두어야 했다. 딸에게 저런 엄마가 되지 말자고. 더 이상은 안 된다고.

내가 아이들을 키우면서 절대로 하지 않겠다고 다짐을 했고, 최소한 그것만은 엄청난 자제력을 발휘해 지키는 것이 있다. 그것은 아이들을 '너는 어떤 사람'이라고 규정하지 않는 것이다. 그런 말을 수없이 듣는 것만으로도 자라면서 아이가 자신을 어떤 인간이라는 틀 속에 가두게 될 위험이 있기 때문이다. 그 아이가 타고난 성격 때문에 책망을 듣게 하지 않는 것도 내가 반드시 지키고자 노력하는 것 중의 하나다.

사람은 달라지지 않는다. 달라지기가 쉽지 않다. 아

이들을 키우면서 배운 것이 그것이다. 한 인간은 태어난다. 그리고 자란다. 그 두 가지가 함께 간다. 타고난 자질 때문에 인생이 결정되는 것도 아니고, 가정환경 때문에 망가지는 것도 아니다.

우리는 모두 어른이 되어 분별력이라는 것이 생기고 난 후에야 부모를 용서하게 된다. 나는 아이들을 낳고 난 후에야 엄마를 이해하게 됐다. 엄마도 이렇게 아팠을 거고, 엄마도 이렇게 우왕좌왕했을 거고, 엄마도 이렇게 우울했을 거고, 엄마도 이렇게 울었을 거다. 엄마도 나처럼 힘들었을 거다. 그제야 나빴던 기억들은 저 아래로 가라앉고, 좋았던 기억들이 수면 위로 떠올랐다. 엄마는 나를 참 많이 사랑해 주었다.

아무튼 고양이와 개에 관한 진실이란, 아이들을 타고난 모습 그대로 받아들이는 것이다. 큰아이가 예민하고 다루기 힘든 이유는 그저 그렇게 타고났기 때문이고, 그 덕에 그 아이는 센스 넘치는 여자로 자랄 수 있을 거라 믿는 것. 작은아이가 밝고 다루기 편한 이유는 그저 그렇게 타고났기 때문이고, 그 덕에 그 아이는 편안한 사람으로 자랄 수 있을 거라 믿는 것.

결국 좋은 부모가 된다는 것은 아이들을 위해 사는 사람이 되는 것이 아니라 그저 좋은 사람이 되는 것이라는 생각이 든다. 하지만 좋은 사람이 되는 것도 쉽지 않은 일이니까, 그저 '건강한 어른'이 되자고 다짐한다. 건강한 어른은 아이들이 자기 자신을 인정하고 사랑하며 살아갈 수 있도록 응원해 주는 어른일 거다. 건강한 어른은 자신이 항상 옳지는 않다는 것을 인정하는 어른일 거다. 실수를 하거나 실패를 했을 때 사과하고 반성할 줄 아는 어른일 거고, 완벽하진 못해도 좋아지려고 노력하는 어른일 거다. 농담하는 여유를 잃지 않고, 크게 웃는 법을 잊지 않고, 싸울 때는 싸울 줄 알고, 화해할 때는 화해할 줄 아는 어른일 거다.

그런 어른이 되는 것 역시 쉬운 일은 아니겠지만.

품위 있게 사는 법

이웃 할머니는 다리가 불편해 보인다. 그런데 늘 대문 위의 좁은 공간에 올라가 꽃을 가꾸신다. 하루는 위를 올려다보며 걸어가다가 그 집 대문 위에서 하늘거리는 꽃이 너무 예뻐 마침 계시던 할머니께 무슨 꽃이냐고 여쭤 보았다. 할머니는 양귀비꽃이라고 답했다. 나는 "아아, 그래서 양귀비, 양귀비하는 거군요!" 하며 감탄했다. 할머니는 뿌듯하게 말씀하셨다.

"필요하면 나중에 씨앗 받아 가요. 줄게요."

요즘엔 양귀비는 지고 다른 꽃이 피어 있다. 한겨울을 제외하고는 꽃이 없는 계절이 없다. 할머니네 이층

집 난간 위에는 이런저런 화분들이 잔뜩 놓여 있다. 할머니는 정원 없는 정원사다.

한때 사람들은 꽃다발을 선물했다. 가장 흔한 꽃다발은 안개꽃과 장미꽃이 섞인 것이었다. 드라마에 나오는 사람들은 연인에게 그 꽃다발을 건넸다. 극장 앞에서 장미꽃 한 송이를 들고 누군가를 기다리던 남자들을 수도 없이 보았다. 식탁 위에는 언제나 꽃이 놓여 있었다.

그때는 우리 집 식탁 위에도 꽃이 있었다. 꽃이 시들면 엄마는 그것을 매달아서 말렸다. 꽃이 떨어진 기억은 없다. 우리 집이 별나거나 부유해서가 아니다. 그 시절에는 꽃이 없으면 조화라도 꽂아 두는 것이 당연했다.

그런데 언젠가부터 아무 짝에도 쓸모없는 꽃다발, 차라리 돈으로 달라는 말이 들리기 시작했다. 처음에는 우스웠다. 재미있고 신선하기도 했다. 그래, 꽃이야 며칠 있으면 시드는 것, 화분이나 돈이 차라리 합리적이다 싶었다. 지금은 남편이 된 남자친구가 촌스러운 꽃다발을 들고 집 앞에 서 있는 것을 보았을 때는 제정신일까 싶었다. 꽃다발은 일단 식탁 위에 던져두고 밥이나 먹자며 그를 끌고 나갔다.

사람들은 이제 더 이상 꽃을 선물하지 않게 되었다. 우리 집 식탁에도 더는 꽃이 꽂히지 않는다. 왜일까? 분명히 내가 어릴 때이던 1980년대와 1990년대 초반보다 부유해졌다. 소득은 높아졌고 살림살이는 나아졌다. 그럼에도 사람들은 꽃을 선물하지 않는다.

유럽 사람들은 손님이 들고 오는 꽃다발을 가장 반긴다고 한다. 그들이 부유해서일까? 여유가 넘쳐서일까? 그런 것 같다. 그 사람들은 이미 오래전부터 풍요를 누려왔다. 하지만 골목을 꽃으로 정성 들여 치장하는 사람들 중의 대부분이 가진 것 없는 할머니들인 걸 보면 꽃다발이 사치의 소산이라는 건 오해다. 태국에서도, 라오스와 캄보디아에서도, 인도에서도 가난한 사람들이 주머니를 털어 신에게 바칠 꽃을 산다.

어디서 왔는지도 모를 좋지 않은 재료에 조미료를 듬뿍 넣은 질 나쁜 외식과 몇 번 입다 싫증나서 버릴 옷들, 불필요한 잡동사니에 돈을 쓰지 않으면 아름다운 것들에 쓸 돈이 생긴다. 남들 눈에 있어 보이는 것, 남들이 다 하고 다니니까 나도 하는 것이 아니라 내가 진정 원하는 것, 생활을 풍요롭게 해주는 작은 가치들에 돈을 쓸 수 있게 될 것이다.

대문 위의 좁고 위태로운 공간이나 고무 대야, 빈 깡통에라도 꽃을 심는 할머니들은 가진 게 없어도 삶의 여유와 아름다움을 포기하지 않는다. 내 눈에는 그런 것이 품위로 보인다.

나의 동네 친구는 가끔 동네 여기저기서 꺾은 들꽃들로 꽃다발을 만들어 나를 찾아온다. 그런 마음 씀씀이가 정겹다. 사실은 나도 들꽃을 무척 좋아한다. 집에서 일터인 카페까지 가는 데는 고작 2분 정도가 걸린다. 뛰어서 가면 1분도 안 걸린다. 가는 길에 골목 구석의 비좁은 흙더미를 뚫고 나온 들꽃과 들풀을 조금 꺾는다. 유리컵에 물을 붓고 들꽃을 꽂아 테이블 위에 올려둔다. 손님들이 들어서며 그 작은 것들을 발견하고는 감탄한다. 그렇게 나는 오늘의 품위를 갖춘다.

내일은 오지 않을지도 몰라

서울에 볼일이 있어 전철을 타고 집으로 돌아오다가 암으로 인해 복막에 물이 찬 환자들을 위한 신약의 임상시험 지원자를 구한다는 광고를 보았다. 그때부터 암으로 인해 복막에 물이 찬 사람들의 잔상이 내내 어른거렸다. 그 사람들이 하루아침에 암 환자가 되었을 때 느꼈을 당혹감과 억울함과 분노 같은 것들을 이해할 수 있을 것 같은 기분이 들기도 했다.

얼마 전까지는 나처럼 씩씩하게 지하철을 타고, 친구들을 만나고, 술을 마시고, 다음날 아침 또 일을 하러 나가고, 사람들과 신나게 웃고 떠들고, 가끔 운동을 하고,

가끔 여행을 가기도 했을 사람들이었을 것이다. 주말에 거실 소파에 길게 누워 텔레비전을 보면서 이런 날들이 끝도 없이 이어지리라는 믿음에 아찔해지기도 했을 사람들이었을 것이다. 그들이 새까맣고 핏기 없는 얼굴에 링거를 꽂고 침대에 누워 힘겹게 몸을 일으키면서 느낄 절망감을 나도 알 것만 같았다. 나에게도 그런 일이 일어나지 않을 보장이 없다는 무서운 예감도 들었다.

내가 그 모습을 현실감 넘치게 상상할 수 있는 이유는 암환자들로 가득 찬 병원에서 지내본 경험이 있기 때문이다. 엄마가 초기 위암 수술을 받기 위해 일산에 있는 암센터에 입원했을 때였다. 초기였지만 위의 80퍼센트 이상을 절제해야 한다고 했다. 자궁에도 문제가 있어 위와 자궁을 동시에 제거한 엄마의 회복기는 길었다. 나는 근 한 달 가까이 병원에서 먹고 자며 엄마 곁에 있었다. 연말에는 나갈 수 있을 것이라 기대했는데 마침 퇴원 날 엄마가 심한 하혈을 해서 퇴원이 취소되었다. 그해 12월 31일, 스물일곱 살의 나는 어두운 병실의 보조침대에 누워 텔레비전으로 카운트다운하는 소리를 들으면서 이게 뭔가, 하는 생각을 했다.

그곳에서 나는 세상에 암에 걸린 사람이 이렇게나 많다는 사실을 처음 알았다. 아니, 세상 사람들의 절반은 암에 걸린 것 같기도 했다. 사람들은 모른다. 암을 남의 이야기로 생각한다. 텔레비전에 나오는 불운하고 또 불운한 사람들. 나이 많은 가족들. 가끔은 한 다리 건너 아는 사람들.

작가 캐롤라인 무어헤드는 『아우슈비츠의 여자들』이라는 책에서 아우슈비츠 강제 수용소로 끌려갔다가 끝내 살아 돌아온 프랑스 여인들에 대해 쓰면서 "바깥은 완전히 다른 세상이었고, 이곳에서 그들은 전혀 다른 사람이 되어 있었다."고 했다. 암을 아우슈비츠와 비교하는 건 무리겠지만, 고립감의 차원에서 암 환자들의 세계가 평범한 사람들의 세계와는 다른 것만은 확실하다. 건강한 사람들이 활기차게 돌아다니는 창밖의 거리는 물리적으로는 손에 닿을 것처럼 가깝지만, 암 환자들에게는 다시 돌아갈 수 없을지도 모를 세계다.

암 병동은 암이 지배하는 세계다. 암에 의해 죽고 사는 것이 결정되고, 아프고 덜 아픈 것이 결정된다. 암은 공포이자 독재자이고 동반자다.

복도를 돌아다니다 보면 나보다 한참은 어려 보이는 여자가 환자복을 입고 새하얀 얼굴로 맥없이 침대 위에 앉아 있는 모습이 보였다. 밤이면 핏기 없는 남편을 병실에 두고 나온 젊은 아내가 복도에서 한참을 울었다. 걷기도 힘들 정도로 기력이 없는, 우리 엄마보다 젊어 보이는 말기암의 여자가 퇴원을 한다. 더 이상의 무의미한 치료는 받지 않겠다고, 대체 요법 치료에 마지막 희망을 걸고서 말이다. 작별인사를 하는 여자의 바싹 마른 얼굴에 쥐어짜낸 미소가 먼지처럼 흩날렸다. 그녀가 아직 살아 있는지 나는 모른다. 그들이 그곳에서 잃었던 것, 그리고 그토록 되찾고 싶어 했던 것은 바로 '인생'이었으리라.

인생. 우리가 끝도 없이 이어질 것이라 믿는 인생. 묻지도 따지지도 않는 보험으로나 지키려는 인생. 아이들이 떠나고 나서도, 퇴직을 하고 나서도 이어질 거라 예상하며 떡 줄 사람은 생각지도 않는데 김칫국부터 마시는 인생. 때로는 세상에서 가장 값어치 없는 것쯤으로 생각하는 인생.

그즈음부터 나는 우리의 삶이 어딘가에서 시작해 어딘가로 달려가는 코스라고 생각하지 않게 되었다. 그렇다면 어느 날 갑자기 사고를 당해 세상을 떠난 사람은 그 사고를 향해 지금까지의 삶을 살아온 걸까? 갑자기 병에 걸려 모든 것을 중단할 수밖에 없게 된 사람은 또 어떤가? 암 병동에 있던 사람들의 인생은 총체적인 실패란 말인가? 아우슈비츠로 끌려갔다가 끝내 살아서 나온 여자들, 그리고 살아서 나오지 못한 여자들의 인생에 어떤 의미가 있단 말인가?

살다 보면 어떤 일이든 일어날 수 있다. 누가 아주 작은 돌만 하나 던져도 우리 삶을 떠받친 토대는 삐걱거릴 것이다. 애초에 그렇게 약하게 만들어진 것이 인생이다. 그러니 인생의 결과 같은 건 우리가 어떻게 할 수 있는 것도 아니고 지나치게 관심을 쏟을 만한 일도 아니다. 그런 데 신경을 쓰고 살면 너무 피곤해진다.

그러므로 그때그때 최선을 다하면서 사는 것만이 최선이다. 아무리 생각해도 그렇다. 그러면 차라리 마음이 편안해진다. 내가 아이들에게 공부를 더 시킨들 그게 아이들의 인생과 정말로 관계가 있을지는 모르는 일이다. 앞날에 대한 불안에 종종 사로잡히곤 하지만 그 앞날이 정말로 내게 올지 안 올지는 누구도 장담치 못한다.

인생이 결말을 향해 달려가는 드라마가 아니라는 걸 깨닫는다면 인생의 구석구석 지뢰처럼 매복해 있는 어려움들을 건너는 것이 조금은 수월해진다. 선택을 하는 일도, 결정을 내리는 일도 조금은 더 쉬워진다.

인생이란 건 방향성도, 목적성도 없는 것이라고 생각한다. 그런 것은 스스로 만드는 것이다. 느슨하게 방향을 잡는다.

내일은 오지 않을지도 모른다. 그러니 지금의 햇살과 바람과 공기를 제대로 느껴보자. 아이들에게 품는 욕심도 슬쩍 접자. 그냥 지금 이 순간이 중요하다. 이 일을 계속할 수 있을까, 앞으로 어떻게 살아야 할까, 하는 고민과 두려움도 어차피 내일이 오지 않는다면 부질없다. 그냥 현재에 충실하면 된다. 그렇게 단순하게 생각하며 후회 없이 살아가자. 미래 같은 건 운에 맡기자. 어차피 미래란 건 차곡차곡 쌓아올린 현재의 다른 이름일 뿐이다.

CHAPTER 4

이처럼 괜찮은 세상에서

내가 만나는 모든 사람들, 내가 겪은 모든 일들에서
배운 것들을 자양분 삼아 살아가고 있다.
지금의 내 인생을 기꺼이 받아들이며
살아가기 위해 애쓰고 있다.
나쁘기만 한 인생도, 좋기만 한 인생도 아니다.
그럭저럭 괜찮은 인생이라 생각하며 살고 있다.

슬리퍼를 신고 걷기

검은 양복을 입고 회사에 다닐 때의 남편은 마치 매일 밤 누군가의 상갓집에 문상을 다녀온 사람 같았다. 세상만사 걱정 없고 밝고 순수하고 또 그만큼 어리석기도 했던 남편은 전혀 다른 사람으로 변해 갔다. 어쩌면 자그마한 씨앗이 툭 하고 터지며 그 안에 숨어 있던 싹과 뿌리를 틔우는 것처럼, 그 다른 사람도 남편의 안에 숨어 있던 사람이었는지 모른다. 그것 때문에 모든 것을 외면하고 싶던 시간도 있었고 이걸로 내 인생은 끝났다는 생각이 들던 시간도 있었다.

남편은 살이 쪘다. 잘 웃지 않았다. 무언가를 감추었

다. 이해할 수 없는 행동들을 했다. 어쩌면 우리는 헤어졌을지도 모른다. 하지만 이미 벌인 일이 너무 많아서, 이를테면 아이를 둘이나 낳은 것 때문에 그럴 수도 없었다.

나는 그때 생각했다. 네가 회사를 그만두었으면 좋겠다. 그리고 머리를 제멋대로 깎거나 아니면 덥수룩하게 자라도록 내버려 두었으면 좋겠다. 다시는 양복 같은 건 안 입었으면 좋겠다. 까맣게 그을린 채 뜨거운 태양 아래서 활짝 웃는 네 모습을 다시 보았으면 좋겠다. 세상이 선의로 가득 차 있다는, 그래서 자신은 언제 어디서나 환영받을 수 있을 거라는 믿음으로 확고했던 어린 시절의 너를 다시 만날 수 있으면 좋겠다.

너랑 내가 반나절씩 나가서 교대로 일하고, 그만큼의 수입으로 만족하며 생활할 수 있으면 좋겠다. 이른 저녁을 먹고 함께 산책을 나갈 수 있으면 좋겠다. 긴 여행을 계획할 수 있으면 좋겠다. 땅을 밟고 땅의 냄새를 맡으며 살아갈 수 있으면 좋겠다. 무엇보다 만원 버스나 만원 지하철 같은 건 안 탈 수 있다면 좋겠다.

그런데 막상 그 시스템에서 내쳐지고 나니, 나는 그런 삶에 전혀 준비가 되어 있지 않다는 것을 깨달았다. 두 달 동안은 미친 여자와 정상적인 여자를 오가며 살았다. 하지만 그럴 때도 내게는 희미한 믿음이 있었다. 나는 나 자신이 어떤 여자인지를 알 정도로는 성장했다. 서른여섯 해나 이런 나와 함께 살아왔으니까. 스물여섯이었다면 감당 못했을지도 모른다. 아무튼 나는 적응하는 데 시간이 꽤 걸리는 인간이다. 아마도 남들보다 5배는 더. 적어도 그것 하나는 알고 있었다. 그러니까 조금만 기다리면 다시 원래의 나로 돌아올 것이다.

두 달이 지난 후 예상대로 나는 정상적인 여자로 돌아왔다. 이렇게 사는 생활에도 그럭저럭 익숙해졌다. 아니, 그보다는 특별히 진지하게 생각하지 않는다고 하는 게 맞을 것이다. 어쩌지, 어쩌지, 라는 생각을 거의 안 하게 된다. 그냥 현실적으로 닥친 문제들을 하나씩 처리해 나간다. 중요한 것은 다시 한 남자를 상갓집 문상객으로 내모는 것이 아니라 그저 제대로 사는 것일 뿐이니까.

그는 살이 빠졌다. 수염을 길렀다. 보는 사람마다 얼굴 좋아졌다고 한다. 예전엔 어딘지 촌스러워 보여서 옷장 구석에 처박아두었던 셔츠를 다시 꺼내 입었는데 자연스럽게 잘 어울린다. 사람이 달라진 것이다. 그러니까 '각'이 달라졌다. 상갓집 문상객의 '각'이 풀리고, 심사 편한 백수의 '각'이 잡혔다. 걱정도 되지만 그 모습이 너무도 그 남자답다. 그래서 뭐라고 할 수가 없다.

나는 발가락을 끼우게 되어 있는 슬리퍼를 좋아한다. 조리, 게다, 또는 통이라고 불리는 슬리퍼다. 그 슬리퍼를 신고 외출하던 어느 날, 약속시간에 좀 늦을 것 같아 빨리 걷는데 영 불편했다. 발이 아프고 걸음도 어색했다. 그러고 보니 이 슬리퍼는 빨리 걸을 때 신는 신발이 아니다.

태국 사람들은 열에 여섯은 이 슬리퍼를 신고 다닌다. 그들 중 누구도 빨리 걷지 않는다. 그 사람들은 슬리퍼를 질질 끌며 어슬렁어슬렁 세월아 네월아 걸어 다닌다. 그렇게 걷다가 아는 사람을 만나면 웃으면서 인사를 한다. 그럴 때 그들이 하는 말은 슬리퍼의 뒤축이 통통 튀는 듯하다. 딱 떨어지지 않는 발음은 쭉쭉 늘어져서 더위 속으로 녹아든다.

그렇다. 슬리퍼라는 신발은 질질 끌며, 어슬렁어슬렁, 세월아 네월아 걸을 때 신어야 하는 신발이다. 빨리 걷기 위해서는 운동화나 구두를 신어야 한다. 가만히 있어도 나무 위에서 코코넛과 바나나가 떨어지는 열대에서는 남보다 더 빨리, 더 많이 쟁취하기 위해 더 빠르게 걸어야 할 필요가 크지 않을 것이다.

그러다 보니 다카하시 아유무라는 일본 남자의 홈페이지에 올라와 있던 그들 가족의 플래시 영상이 떠올랐다. 다카하시 아유무. 이 남자를 어떻게 소개해야 할까. 작가. 로커. 여행가. 자유인. 젊은 시절 바를 열어 성공시킨 후 곧장 손을 털고 트럭 하나를 빌려 일본 전국을 떠돌며 불법 공연을 하더니, 자신의 인생을 책으로 내겠다며 출판사를 차리고 결혼과 동시에 세계 일주를 3년 넘게 다녀와서는, 오키나와에 '비치 록 빌리지'라는 히피 스타일의 자연친화적 리조트를 만든 남자. 이 남자는 어떤 일이건 성공 단계에 올라섰다고 생각하면 과감하게 손을 턴 후 밑바닥에서부터 다시 새로운 일을 시작하는 사람이다. 어제는 사장이었는데 오늘은 이삿짐센터 아르바이트생인 식이다. 그런데 꽂혔다고만 하면 끝장을 보는 이 남자의 열정은 별로 부담스럽지가 않다. 세상에 무언가를 보여주거나 증명하기 위해서가 아니라 그 모든 일을 그냥 즐거워서, 좋아서, 신나서 하기 때문이다.

홈페이지의 소개 화면에서 다카하시 아유무는 두건을 쓰고 티셔츠에 헐렁한 바지를 입은 차림으로 문제의 그 슬리퍼를 신고 있다. 그리고 그는 그렇게 걷는다. 발을 질질 끌며, 어슬렁어슬렁, 세월아 네월아. 슬리퍼에 어울리는 걸음으로. 조금 기다리면 그의 아내가, 그의 아들이, 마지막으로 그의 딸이 뒤따른다. 그 모습을 볼 때마다 기분이 좋아진다.

만약 내일 내 삶이 끝나게 된다면 오늘 나의 삶에 대해서 어떻게 말할 수 있을까?(슬리퍼를 끌고 걸으며 생각하기에 적당한 주제다.) 내 삶을 돌아보았다. 시시했다. 시시한 일을 하고 시시하게 살았다. 누구에게 자랑할 만한 일이라고는 결혼을 좀 빨리 해서 애를 둘 낳은 것 말고는 거의 없다고 해도 좋다.

그럼에도 어떻게 해서든 내 인생의 의미를 찾아보기 위해 노력한다(내일 죽는다고 생각하면 할 일이 이거 말고 또 뭐가 있겠습니까). 자기 자신을 소외해야 살아남는 세상이 아니라, 자기 자신을 소외하지 않아도, 있는 그대로 끌어안아도 살아남을 수 있는 작은 세상을 만들기 위해 노력하고 있다. 내가 할 수 있는 한에서. 내 손이 닿는 곳에서. 그게 될지 안 될지는 모르지만 그래도 최소한, 상갓집 문상객의 '각'으로 살지 않기 위해 발버둥을 쳤다는 점만은 확실하다.

발버둥. 그래, 결국 마지막에 가서 내세울 건 그거 하나밖에 없을지도 모른다.

우리가 나누는 이야기

S 씨와 나는 많은 얘기들을 한다. 우리가 나누는 얘기들은 대개, 별로 영양가가 없는 것들이다. 사실 이건 아무에게도 이야기하지 않았지만, S 씨는 내가 언제나 갖고 싶어 했던 느낌의 친구다. 나와는 완전히 반대이면서, 그것이 어쩐지 멋진 사람.

우리는 완전히 반대의 성격을 가졌기 때문에, 이런 이야기도 재미있다. 이를테면 부단히 노력해서 원하는 것을 갖는 삶과 무언가를 이루기보다는 현재를 즐기는 삶에 관한 이야기. S 씨는 대체적으로 후자의 인간형에 가깝다. 나는 대체로 전자의 인간형에 가깝다. 하지만 S 씨가 아무것도 하지 않고 현재에 만족하는 사람이라거나, 내가 잠시도 쉬지 않고 자신을 몰아붙여 뭐든 얻어내는 사람인 것은 아니다. 그 정도로 달랐으면 우리는 아예 친구가 되지도 못했다. S 씨는 그래도 해야 할 일을 하는 사람이다. 그것도 야무지게. 나는 어느 정도 노력하다가 어느 순간 이 정도면 됐다며 슬그머니 꽁무니를 빼는 사람이다. 그것도 흐지부지하게. 그런 것들이 우리의 에너지의 레벨을 어느 정도 비슷하게 맞춰주는 것이다.

S 씨는 부단히 노력해 원하는 것을 성취하며 살아야 하는 게 아닐까, 하고 생각한다. 가끔씩. 나는 좀 더 속도를 늦추고 현재를 즐기며 살아야 하는 게 아닐까, 하고 생각한다. 무척 자주.

우리는 그런 이야기들을 많이 한다. 어쩌면 우리가 마흔이라는 숫자를 바라보고 있기 때문이다. 우리도 무언가를 이룰 때가 되었다. 사회적으로 어떤 위치에 오르거나, 눈에 보이는 어떤 것을 가질 때도 된 것이다. 마흔이 넘어서 무언가를 다시 시작하기가 쉬운 일일까. 그럴 수 없다고 말할 수는 없다. 하지만 역시 쉽지만은 않은 일이다.

나는 그런 사람이다. 채찍질을 하는 사람. 완벽한 내가 되고 싶어 노력하는 사람. 그런데 그런 인생이 마음에 드느냐 하면 그렇지 않다. 사실 내가 회사 생활을 할 때 가장 자괴감을 느꼈던 것은, 내가 썩 일을 잘 하는 사람이었기 때문이다. 어디 가서 일을 못한다는 소리는 거의 못 들어봤기 때문이다. 그런데 그건 내가 정말 유능하거나 내가 정말 즐거워서 그랬던 게 아니라, 두려워서였기 때문이다.

욕을 먹을까 두려워서 열심히 일했다. 잘릴까 두려워서 열심히 일했다. 일을 망칠까 두려워서 열심히 일했다. 실망시키고 싶지 않아서 열심히 일했다. 모든 게 엉망진창이 돼버린 상황에서 그것을 수습할 자신이 없었다. 일례로, 내가 가장 많이 꾸었던 꿈은 대학 4학년에 출석 일수를 못 채워 졸업을 못하는 꿈과, 잡지 마감 날짜를 며칠 앞두고 일을 하나도 하지 않았다는 것을 깨닫는 꿈이었다. 그 꿈은 요즘도 가끔 꾼다. 정말 끔찍한 꿈이다.

내 옆자리의 후배는 또 나와는 반대의 인간형이었는데, 그 친구는 자주 혼이 났다. 일의 마무리가 말끔하지 못했기 때문이다. 하지만 그 후배는 정말 즐거이 일했던 것 같다. 자신이 하고 싶은 것을 자신이 하고 싶은 방식으로 했다. 그래서 욕을 먹든 어쨌든, 그 친구는 새 잡지가 나올 때마다 자신의 페이지를 넘기며 뿌듯해했다. 그런 것을 나는 할 수가 없었다.

그래서 일을 그만두었다. 그렇게 살고 싶지가 않았다. 두려움에 쫓기면서 사는 건 싫었다. 그런데 나는 집안일도, 육아도 그렇게 하고 있었다. 누가 쫓아오기라도 하는 것처럼 고군분투했다. 나는 아이들이 잘 때 함께 자고 아이들이 일어났을 때 함께 노는 엄마들을 이해할 수가 없었다. 나는 그렇게 할 수가 없었다. 나에게는 내 시간이 필요했다. 내가 성장하고 있다는 느낌이 절실했다. 무언가를 성취하고 싶었다. 인정을 받고 싶었고 스스로 뿌듯해하고 싶었다.

뭔가를 성취하려고 부단히 노력하는 사람들은 어떤 면에서 다시는 돌아오지 않을 소중한 것들을 발로 걷어차 버리면서 살아가는 것이나 다름없다. 아이들의 어린 시절도 다시 돌아오지 않을 것이다. 지금의 나이도 다시 돌아오지 않을 것이다. 세상에는 뭔가를 이루는 것보다도 더 중요한 것들이 많다. 그걸 알고는 있었지만 잘 되지 않았다. 나에게는 '향상의 시간'이 너무나도 소중했던 것이다.

그렇게 몇 년을 보내고, 아이들이 조금 커서 시간이 나자 집에서 일을 조금씩 하게 되었다. 쉽지는 않았다. 여전히 잘하고 싶은데 잘하기가 너무 어려워서 끙끙거렸다.

그러나 돌이켜 보면 지금껏 그나마 이룬 것들은 내가 부단히 노를 저었기 때문이다. 무엇 하나 쉽게 얻은 것이 없었다. 그리고 그렇게 괴롭게 얻은 것들은 일단 완성의 단계에 이르고 나면 만족스러웠다. 귀찮음, 그리고 하기 싫은 마음과 싸워 이기지 않았더라면 일어나지 않았을 일이다.

그리고 무엇보다 그게 내 스타일이었다. 나는 그렇게 살 수밖에 없는 사람이었다. 그 사실을 받아들이고 나자 모든 것이 전보다 훨씬 더 편해졌다. 더 이상 나 자신과 싸울 필요도 없었다. 그냥 나는 남보다 시간이 더 걸리고, 남보다 더 노력해야 하는 사람이라는, 핸디캡을 받아들이는 것이다.

평생을 싸워온 자신의 단점을 받아들이기란 쉽지 않은 일이다. 잘 되지도 않는다. 하지만 우리가 부단히 노력해 이룰 만한 가치가 있는 일이 하나 있다면, 그것은 바로 자신과 화해하는 일이 아닐까. 자신을 있는 그대로 받아들이는 일이 아닐까. 그건 어떤 변명이나 무례가 아니라, 일종의 무겁고도 홀가분한 체념 같은 것이 아닐까, 하고 생각한다.

요가가 가르쳐준 것

나는 벌써 7년째 요가를 하고 있다. 과연 나는 끈기의 산증인인 것인가. 지구력의 여왕인 것인가. 그렇지 않다. 전혀 그렇지 않다.

수영은 두 달 만에 관뒀다. 수영 강사들이 나를 올림픽 꿈나무를 만들 듯 조련했기 때문이다. 나는 그때 스물일곱 살이었고, 심지어 몸치였다. 몸치의 문제점은 온몸이 함께 움직인다는 것이다. 손과 발이, 팔과 다리가, 머리와 배가, 허리와 엉덩이가 따로 움직이는 걸 몸치는 못한다. 그래서 몸치다. 평영과 자유영, 배영까지는 어떻게 해봤는데, 접영에 들어가면서 몸치는 안 되겠다는 걸 깨달았다. 무엇보다 당시 남자친구였던 남편이 자유영을 하는 나를 보고 손가락질을 하며 비웃었기 때문에 더더욱 좌절했다. 나는 몸치인 주제에 자존심이 쓸데없이 강한 여자라 화를 내며 다시는 수영을 하지 않겠다고 선언했다.

그날 이후 나는 평영이라기에는 뭣한, 목욕탕 수영을 한다. 목을 물 밖으로 내밀고 개구리처럼 헤엄치는 수영이다. 처음에는 그 수영이 부끄러웠는데 영화 〈카모메 식당〉을 보고는 마음이 달라졌다. 이 영화의 여주인공인 사치에는 카페 일을 마치면 수영장에 가서 목욕탕 수영을 한다. 그녀뿐만 아니라 그 수영장에 있는 사람들은 모두 목욕탕 수영만 한다. 자유영을 하거나 접영을 하는 사람은 없다. 올림픽 꿈나무도 없다. 호루라기를 부는 사람도 없다. 핀란드는 호수가 많은 나라, 그 나라 사람들은 수영을 다들 자연스럽게 할 테니까 목욕탕 수영은 이상한 것이 아니다. 자연스러운 것이다.

목욕탕 수영은 남과 경쟁하지 않는다. 남과 경쟁하려야 할 수가 없다. 목욕탕 수영은 그저 여기에서 저기까지 가는 것이 목적일 뿐, 누구를 이기거나, 기록을 단축하거나, 누구에게 멋져 보이려는 수영이 아니다. 목욕탕 수영은 쿨하다.

헬스는 한 달 만에 관뒀다. 헬스장의 러닝머신에 올라섰을 때 나는 깨달았다. 아, 나는 기계 위에서 걷거나 뛸 수 있는 사람이 아니구나. 왜 걷거나 뛰면서 텔레비전을 보아야 하는지 나는 알지 못한다. 내게 텔레비전은 무조건 방바닥이나 소파 위에 널브러져서 봐야 하는 것이다. 걷거나 달리는 것은 무조건 바깥에서 해야 한다. 천장이 없는 곳에서, 하늘이 보이는 곳에서, 신선한 바깥 공기를 한껏 들이쉬면서.

한 번의 경험 이후로 나는 헬스장 근처조차 가본 적이 없다. 나는 집 근처의 종합운동장 육상 트랙을 천천히, 천천히 달린다. 하늘을 보고 사람들을 보고 비행기를 보고 바람을 맞으며 달린다.

그런 내가 요가 수업을 7년째 수강하고 있다. 처음에

는 허리가 아파서 시작했다. 둘째를 낳을 때 허리에 문제가 생겨서 양말조차 신을 수가 없는 지경에 이르렀기 때문이다. 물리치료를 받아도, 침을 맞아도, 한약을 먹어도 효과가 없었다. 그래서 요가 수업에 등록했다. 2주 만에 허리를 구부릴 수 있었고, 3주 후에는 서서 바지를 입을 수 있는 상태가 되었다. 그 이후로 나는 요가에 절대적으로 복종하게 되었다.

요가의 가장 좋은 점은 잘하지 않아도 된다는 것이다. 그게 정말로 마음에 든다. 어떤 동작이든 내 몸의 상태에 맞춰서 해야 한다. 무조건 해내야 할 필요도 없고, 남보다 잘할 필요도 없으며, 못한다고 욕하는 사람도 없다. 그래서 내가 이렇게 요가를 오래 할 수 있는 것이다. 왜냐하면 나는 경쟁을 싫어하는 인간이기 때문이다.

하지만 실은, 나는 무척 경쟁적인 인간이기에 경쟁을 싫어하게 된 것인지도 모른다. 권위적인 인간이 권위를 혐오하는 것이나 마찬가지다. 나는 언제나 그 말을 마음에 새겨왔다. 인간은 자신이 가지지 않은 것을 증오하거나 혐오하는 방법을 모른다. 다시 말해, 내가 무언가를 싫어한다면 그건 그 무언가가 나에게도 있다는 증거다.

아무튼 경쟁의 화신인 내가 요가 시간만큼은 경쟁적이지 않은 인간이 된다. 비교적. 나의 동작에 최선을 다하느라 남의 동작에까지 신경을 쓸 여유가 없다. 완벽한 고양이 자세와 완벽한 산 자세와 완벽한 쟁기 자세를 해내려면 내 몸에만 신경을 집중해도 모자란다.

나처럼 제멋대로 하지 않으면 직성이 풀리지 않는 사람도 요가 시간만큼은 착실한 학생이 된다. 요가 선생님의 주문에 맞춰 몸을 뒤틀고 늘리고 구부린다. 이 모든 것을 나 스스로 해야 했다면 정말로 엄두가 안 났을 것이다.

학창 시절에 착실한 학생 노릇을 할 때는 자괴감 비슷한 느낌이 들었다. 나는 그것이 자괴감인지도 몰랐다. 자괴감이라는 것은 자신이 뿌리부터 닳아 없어지고 있다는 느낌이다. 조금씩 희미해지고 있다는 느낌이다. 당연하다. 누구나 12년을 남이 시키는 대로, 남이 만든 시간표 안에서, 원치 않는 공간에서 살아가야 한다면 그럴 것이다.

그런데 지금은 다르다. 인생이 오롯이 내 책임이다. 내 인생뿐만 아니라 남의 인생도 내 책임이다. 가끔은 남이 하라는 대로 하고 싶어진다. 그래서 나는 요가 수업을 듣는다. 선생님의 주문에 맞춰 앉았다 일어섰다 이리 비틀고 저리 비틀기를 반복한다. 아무리 민망한 자세를 시켜도 나는 군말 없이 따라 한다. 호흡을 깊게 하며 내 근육의 가동 범위를 늘리기 위해 노력한다. 나는 노력하고 또 노력한다. 오로지 요가 선생님의 주문에 맞춰서. 착실한 학생이 되어서.

그런데 따지고 보면 그것은 그 누구도 아닌, 나를 위한 일이다. 그런 것이 마음에 든다.

요가는 정말로 아름다운 운동이다.

엄마의 카스텔라

엄마는 생일 때마다 카스텔라를 구웠다. 그 시절에는 오븐 같은 것은 있을 턱이 없었다. 박력분이 있을 리도 없었다. 엄마는 중력분 밀가루를 사서 계란을 엄청나게 넣고 설탕도 엄청나게 넣은 뒤 오로지 팔 힘으로 휘저어서 찜통에서 구웠다. 그러니까 그 카스텔라의 맛이라는 것은 사실 엄마의 팔 힘에서 나온 것이었다.

카스텔라를 굽는 날이면 엄마는 수없이 많은 계란을 준비했다. 그리고 커다란 볼에 그 많은 계란을 다 깨어 넣고 바닥에 앉아 거품기로 휘저었다. 휘젓고 휘젓고 또 휘저었다. 집 안 가득 계란의 비릿하고 고소한 냄새가 진동을 했다. 나중에 계란이 단단한 거품이 되어야 완성이었다. 엄마는 커다란 전기 찜통에 신문지를 깔고 그 위에 계란 반죽을 부은 뒤 뚜껑을 닫고 기다렸다. 우리는 카스텔라가 익는 냄새를 맡으며 행복해했다. 찜통 카스텔라의 밑바닥에서는 신문지의 맛이 났다. 우리는 신문지에 붙어 있는 카스텔라 조각들까지 샅샅이 뜯어 입안에 넣었다. 어느 날부터 엄마는 더 이상 카스텔라를 굽지 않기 시작했다. 그 후로 어디에서도 그런 맛의 카스텔라를 찾을 수 없었다.

몇 년 전 한 프랜차이즈 제과점이 '엄마의 카스텔라'라는 이름을 단 카스텔라를 출시했을 때, 나는 세상 사람들에게 각자의 '엄마의 카스텔라'에 대한 추억이 있다는 것을 처음 알게 되었다. 그 시절에는 우리 집만 그렇게 열심히 카스텔라를 구운 줄 알았는데, 그런 건 아니었던 것이다. 사람들에게 물어보고 싶다. 당신의 어머니가 구워준 카스텔라는 어떤 맛이었는지.

엄마의 카스텔라는 부드럽고 퍽퍽했다. 이상한 표현

이지만 정말 그랬다. 느끼하지 않을 정도로 부드러웠고, 맛이 없지 않을 정도로 퍽퍽했다.

나가사키에서 맛본 원조 카스텔라도 그 맛은 아니었다. 나가사키 카스텔라는 너무 달고 또 너무 진한 맛이었다. 엄마의 카스텔라는 그보다 훨씬 더 가벼운 맛이었다. 카스텔라 그 자체를 음미하는 맛이라기보다는, 우유가 든 컵에 푹 담갔다가 먹어야 더 맛있는 그런 맛이었다. 프랜차이즈 제과점표 '엄마의 카스텔라'에 기대를 걸어봤지만 전혀 그 맛이 아니었다. 완전히 달랐다. 먹고 나서 의아한 기분이 들 정도였다. 사람들은 이런 걸 엄마의 카스텔라의 맛으로 알고 있는 걸까. 집에서 혼자 만들어도 봤다. 오븐에도 구워봤고 밥솥이나 찜통에서 쪄보기도 했다. 하지만 그 맛은 아니었다. 심지어 엄마도 레시피를 기억하지 못했다.

초등학교 2학년인지, 3학년인지의 일이었을 것이다. 지금은 없어졌지만, 그때는 가정 방문이라는 것이 있었다. 그 해의 가정 방문은 학기 초 가까운 동네에 사는 몇 명씩 그룹을 만들어 정해진 날짜에 담임선생님과 함께 집집마다 돌아다니는 식이었다. 자기 집에 도착한 아이는 다음 집으로 향하는 나머지 아이들에게 손을 흔들며 잘 가라고 인사하면 되었다.

드디어 나에게도 가정 방문의 차례가 왔다. 엄마는 그날 주특기인 카스텔라를 만들겠다고 했다. 앞서 말했지만 카스텔라는 생일에나 먹을 수 있는 음식이었다. 카스텔라를 만들기 위해 엄마는 또 바닥에 앉아 어깨가 부서지고 팔이 빠지도록 거품기를 휘저어야 할 테니까.

나는 같은 조에 속한 네 명의 아이들, 그리고 담임선생님과 함께 그날 오후 내내 가정방문을 하게 되었다. 우리 집은 산자락에 있었고 학교에서 멀었기 때문에 가장 마지막 코스로 잡혔다. 그러니까 나는 선생님과 단둘이서 우리 집에 가는 거였다.

선생님이 교무실에서 업무를 마치고 나올 때까지 우리는 학교 본관 건물 앞에서 기다리기로 했다. 그런데 그날 같이 가기로 한 반 아이들은 모두 나와 친하지 않은 아이들이었다. 아니, 사실은 우리 반에는 나와 친하다고 할 만한 아이가 거의 없었다. 학기 초였고, 나는 사람을 사귀는 데 서투른 아이였기 때문이다. 지금이나 같다. 낯을 가렸고, 수줍음을 많이 탔고, 말수가 적었다. 마음을 여는 데는 시간이 많이 걸렸다. 예민하기도 했고, 까다롭기도 했을 것이다. 하지만 동네에서의 나는 달랐다. 동네에서 나는 골목대장이었다. 동네에만 가면 말문이 트였고, 책가방을 집어던지고 남자애들과 축구를 했다. 여자애들과 동생들을 몰고 다니면서 동네 탐험도 했다. 어쩌면 나는 소그룹에 특화된 인간이었는지도 모른다.

아무튼 나와 가정 방문을 하게 된 우리 반 아이들은 아래쪽 동네에 사는 아이들이었다. 그 아이들은 공부를 잘하는 아이들이었고, 그럭저럭 잘사는 아이들이었다. 잘산다고 해봤자 거기서 거기였지만. 사실은 나도 공부를 잘하는 축에 들었지만. 그래도 나는 그날 어쩐지 주눅이 들었던 것 같다. 나는 그 애들 옆에서 쭈뼛거리다가 운동장 구석의 철봉대로 걸어갔다. 철봉에 매달려 놀다 보니 어린아이 둘이 있었다. 나는 그 아이들에게 말을 걸었고 우리는 신나게 놀기 시작했다. 놀다가 정신을 차려 보니 선생님도, 친구들도 사라진 후였다.

그들은 먼저 가버린 것이다. 나를 두고 자기들끼리 가버린 것이다. 찾으려고만 하면 찾을 수 있었을 텐데 말이다. 나는 별 수 없이 혼자서 집으로 걸어갔다. 집으로 향하는 이 골목과 저 골목을 지나는 나의 마음은 무거웠다. 당장 엄마에게 혼날 것이 가장 큰 걱정이었고, 그 아이들에게, 선생님에게 버림받았다는 생각에 말할 수 없이 비참했다.

현관문을 여니 반짝거릴 정도로 깨끗하게 치운 집 안 가득 카스텔라 냄새가 진동을 했다. 엄마는 내게 왜 혼자 오느냐고 물었고 나는 다 가버렸다고 답했다. 내심 엄마가 날 위로해 주기를 바랐지만, 엄마는 화를 냈다. 아마 비참해 보이기 싫었던 내가 퉁명스럽게 대꾸했기 때문이었겠지. 차라리 울 걸 그랬다. 집 안 가득 퍼져 있던 카스텔라의 냄새는 잔인하기만 했다. 그 고소하고 달콤한 냄새가 약을 올리는 것만 같았다.

나이가 들고 나서도 새로운 환경에 던져질 때마다 그 기억이 떠오른다. 아무도 없던 운동장과 혼자 걸어가던 하굣길과 그날의 노을과 카스텔라 냄새와 엄마의 불호령 같은 것.

지금 내가 골목길을 이리저리 비틀어 올라가던 어린 나의 뒷모습을 보게 된다면 그 아이가 안쓰러워 어찌할 바를 모를 것이다. 그럼에도 나는 그 아이에게 이건 네가 앞으로 겪을 수많은 비참함 중의 하나일 뿐이라고 말해 주었을 것이다.

엄마의 카스텔라에는 즐거웠던 기억도, 서글펐던 기억도 배어 있다. 어쩌면 그렇기 때문에 나는 그 카스텔라를 더 이상 찾을 수 없는지도 모른다. 아마 평생을 그럴 것이다. 그 카스텔라는 나의 소울푸드이기 때문에. 행복한 기억과 불행한 기억과 즐거운 기억과 비참한 기억과 기쁜 기억과 슬픈 기억을 휘저어 구운 것.

지금 내가 아이들에게 만들어주는 음식도 아마 비슷한 느낌으로 그 아이들의 기억 속에 남겠지. 아마 그럴 것이다.

그 아이들의 소울푸드는 과연 어떤 걸까. 그걸 궁금해하면서 나는 오늘도 된장국을 끓이고 스콘을 굽고 카레를 데운다.

우리는 고라니를 칠 수 있는 사람들일까

얼마 전에 온 가족이 차를 타고 인천에 다녀올 일이 있었다. 인천에서 다시 친정이 있는 화성으로 가는 고속도로를 달리던 중이었다. 나는 고개를 숙인 채 책을 보고 있었는데, 운전을 하던 남편이 갑자기 "어……어……?" 하고 소리를 질렀다. 순간 앞에서 "퍽!" 하는 소리가 들렸고, 우리가 달리던 차선 옆으로 크고 검은 뭔가가 떨어졌다. 다행히 그 차선에서 달리던 차는 없었다. 도로 위의 차들은 아무 일도 없었다는 듯 그 장소를 빠져나갔다.

남편이 이야기를 해주었는데 고라니 한 마리가 도로

로 뛰어들었다고 한다. 그런데 우리 차와 다른 차 한 대를 사이에 두고 앞서 달리던 승용차가 그 고라니를 치고는 그대로 달려가 버렸다는 것이다. 남편은 차에 치인 고라니가 하늘로 솟구쳤다가 떨어지는 잔상이 하루 종일 어른거린다고 했다. 친정에 무사히 도착해 그 이야기를 했더니 아빠는 그럴 때는 무조건 돌진해서 고라니를 치고 지나가야 한다고 했다. 만약 핸들을 틀거나 급정거를 하면 더 큰 사고가 일어날 수도 있다는 거다.

고속도로에서 로드킬을 당한 동물을 한두 번 본 것도 아니라서 그러려니 했는데, 생각하면 생각할수록 무서운 일이라는 생각이 들었다. 내 기억으로는 그 시간에 그 도로를 달리던 차는 다섯 대나 여섯 대 정도였다. 만일 고라니를 친 차의 운전자가 핸들을 틀거나 급정거를 했다면? 만약에 그 고라니가 떨어진 차선에 다른 차가 있었다면? 그 고라니가 우리 차 위로 떨어졌다면? 그 도로를 달리던 차들 중 어느 한 차라도 충동적이거나 비이성적으로 행동했다면? 모르긴 몰라도 아마 그때의 속도로 볼 때 우리는 이미 이 세상 사람이 아닐 것이다.

그런데 만약에 그 고라니가 우리 앞에 나타났다면, 우리는 그 고라니를 칠 수 있었을까? 내 남편은 고라니를 칠 수 있는 사람일까? 나는 고라니를 칠 수 있는 사람일까? 확신할 수 없었다. 나는 아마 핸들을 옆으로 틀면서 브레이크를 밟았을 것이다. 그랬더라면 애꿎은 다른 사람들까지 인솔해서 황천길 투어를 떠났겠지.

그런 생각을 하게 된 것은 얼마 전 텔레비전에서 본 드라마 한 편 때문이었다. 최규석의 웹툰을 원작으로 만든 드라마 〈송곳〉에서 고지식한 원리원칙주의자 이수인은 프랑스계 대형 마트의 과장이다. 어느 날 부장은 이수인에게 무슨 수를 써서라도 판매사원들을 내보내라고 한다. 그러나 이수인은 생각할 것도 없이 "그건 불법입니다."라고 답한다.

이제 칼날은 그에게 겨눠진다. 그는 공식적인 왕따가 되어 이런저런 괴롭힘을 당한다. 이수인은 이 상황을 이렇게 표현한다. 부장은 지금 어두운 고속도로에서 차를 몰고 있다. 그런데 헤드라이트 불빛에 도로 한가운데 멍청히 서 있는 고라니 한 마리가 보인다. 부장은 비키라며 클랙슨을 울리지만 고라니는 비킬 생각을 하지 않는다. 부장은 억울해 죽겠다는 표정으로 "왜 하필 내 앞에!" 하고 소리를 지른다. 이제 부장이 할 수 있는 일은 고라니를 그대로 치고 지나가는 것뿐이다. 이수인은 자신이 그 고라니라고 생각한다.

우리도 살아가면서 부장처럼 고속도로 위의 고라니를 만나게 될 날이 있을 것이다. 아마 한두 번이 아닐 것이다. 그럴 때 우리는 "왜 하필 내 앞에!"라고 소리를 치며 그 고라니를 쳐버릴 수 있을까. 그게 아니라면 어떻게 해야 할까. 핸들을 틀어 옆에서 달리는 다른 운전자들을 다 죽여 버릴 수도 있는데. 차라리 고라니 한 마리를 치는 게 낫지 않을까.

살면서 몇 번, 나의 사소한 이익을 위해 남몰래 얍삽해진 적이 있다. 고라니까지는 쳐보지 못했지만, 토끼나 쥐 정도는 치고 지나간 적이 분명 있었다. 그때의 결과는 이상하리만치 좋지 않았다. 이익도 못 얻고 인심도 못 얻었는데, 죄책감과 자괴감만 선물 받은 심정이었다.

사실 이 세상이라는 것은 "아무리 그래도 사람이 사람에게 그래서는 안 되지……."라고 나직하게 중얼거리던 수많은 시시하고 평범한 사람들 덕분에 여기까지 온 것이고, 또 이 정도로 지탱되고 있는지도 모른다. 살아가면서 사람이 사람에게 해서는 안 되는 짓만은 하지 말자고 다짐한다. 사람이 사람에게 해서는 안 되는 짓을 하고 있는 누군가가 있다면, 그 사람을 적극적으로 미워해 주자고 다짐한다. 고라니의 등뒤에 선 수많은 고라니들 중의 하나가 되어 주자고 다짐한다.

다짐만 하는 요즘이다.

최고의 하루

"오늘은 정말 최고의 하루였던 것 같아!"

아이가 보고 있는 미국 TV 애니메이션의 주인공이 그렇게 말한다. '최고의 하루'라는 말은 이 애니메이션의 주인공들에게는 엄청난 모험이 일어나는 하루다. 최소한 유리창 정도는 깨져줘야 한다. 아이스크림을 신나게 먹고, 온 집 안이 물바다가 되고, 부모님은 물살에 떠내려가고, 악당들을 소탕하는 그런 하루. 그러니까 보통의 평범한 아이들에게는 일어날 수가 없는 하루.

우리 아이들에게 그런 최고의 하루는 흔치 않다. 열 살 딸이 "오늘은 정말 최고의 하루였어."라고 말하며 잠든 날은 그 애의 인생에서 다섯 손가락 안에 꼽을 정도다. 그런 날은 대개 그 애니메이션 정도는 아니더라도 이런저런 모험으로 하루를 꽉 채운 날이다. 나머지 날들은 "심심해."라는 말을 입에 달고 산다.

그 말을 들을 때마다 죄책감이 든다. 만화였다면 등에 '뜨끔'이라는 글자가 뿔처럼 솟구쳐 올랐을 것이다. 이마에는 커다란 땀방울이 그려졌겠지. 아이를 키우는데 죄책감을 갖는 것만큼 도움이 안 되는 일도 없다지만, 죄책감이 드는 걸 어떻게 하나. 내가 무슨 짓을 해서라도 이 아이를 즐겁게 해주어야 할 것만 같다. 내가 모자란 인간이라서 이 아이가 심심해하는 것만 같다. 나는 어쩜 이렇게 지루한 엄마일까. 아니면 어디 테마파크나 박물관, 미술관 같은 데라도 빨리 데려가야 하나.

하지만 잠시만 생각해 보면, 아이가 심심하다고 말하는 것은 해가 뜨고 달이 뜨는 것만큼이나 당연한 일이다. 당장 나의 어린 시절을 떠올려 보자. 그때 나는 너무 심심해서 공터에서 땅을 파기도 했다. 너무 심심해서

콩벌레를 잡아서 경주를 시키고, 이 집 저 집 친구를 찾아 돌아다녔다. 그러고 나서도 날마다 서로 허공을 노려보며 "뭐할까?"를 반복했다. 너무 심심해서 이런저런 게임을 만들어서 놀기도 했다.

너무 심심해서 천장의 벽지를 노려보다가 가상의 선을 이어서 패턴을 만들었다. 벽지의 돌출 부위를 아예 쥐어뜯기도 했다. 빈 종이만 있으면 그림을 그렸다. 너무 심심해서 아빠의 책장에 꽂힌 영어책까지 뒤졌다. 너무 심심해서 엄마의 옷장에서 옷을 꺼내 패션쇼를 했고 화장품도 발라봤다. 너무 심심해서 옥상으로 올라가는 계단에 있던 고장 난 탈수기 안에 들어가 보기도 했고, 너무 심심해서 혼자 인형놀이를 하면서 이야기도 엄청나게 만들었다. 너무 심심해서 인형 머리도 빡빡 밀어버렸다.

너무 심심해서 기찻길의 레일 위를 걸으며 떨어지지 않는 놀이를 매일 했고, 너무 심심해서 철교 아래에 들어가 기차가 지날 때마다 천지가 진동하는 것 같은 무서움도 맛보았다. 너무 심심해서 남의 밭에서 고구마와

호박도 하나 훔쳤고, 너무 심심해서 공사장에 방치된 2층 가건물 위에서 뛰어내려 보기도 했다. 너무 심심해서 뒷산에 뛰어 올라갔다가 다시 뛰어내려오기도 했다. 심지어 너무 심심해서 집안 청소에 빨래까지 다 해놓은 적도 있다.

그러고 보면 어린 시절에 내 뼈와 살을 자라게 한 놀이들은 다 너무 심심했기 때문에 만들어진 것들이었다. 그것들이 나라는 존재를 밑바닥에서 단단하게 지탱해주고 있는 셈이다. 나는 그때 땅을 다진 것인지도 모른다. 평생을 발붙이고 살아야 할 땅을 말이다.

그 시절 나는 재미라는 것은 스스로 찾아야 한다는 걸 깨달았던 것 같다. 내가 찾지 않으면 절대로 즐거워질 수 없다는 걸 깨달았다. 그런 것이 내가 입시에서 좋은 성적을 거두거나, 좋은 직장에 들어가거나, 좋은 남자를 만나는 데 무슨 도움이 되었는지는 모르겠다. 하지만 매일이라는 끝나지 않을 것 같은 나날들을 살아가는 데 즐거운 마음을 가진다는 건 정말로 중요하기에, 그런 준비는 그때부터 착실히 해왔다고 생각한다. 다 너무 심심했기 때문이다.

인도는 아동 노동이란 것이 일상적인 나라였다. 새로운 도시에 도착할 때마다 지저분한 얼굴에 더러운 옷을 입은 아이들이 돈을 좀 달라고 손을 내밀었다. 심장이 따끔거렸지만 나는 그 크고 절박한 눈빛을 거절했다. 한 명에게 주면 나머지 아이들도 다 달려들어 곤란해진 적이 한두 번이 아니었기 때문이다.

여행의 막바지에 들른 퐁디셰리라는 도시에는 내가 좋아하는 식당이 있었다. 우리나라 수준에는 저렴하지만, 그 나라 수준에는 비싼 식당이었다. 나는 저녁마다 그 식당의 옥상에 앉아 2인분의 식사와 커다란 맥주 한 병을 시켜 혼자서 천천히 식사를 했다. 그곳에서는 잠시나마 저 아래의 끊이지 않는 자동차와 릭쇼의 소음으로부터 벗어날 수 있었고, 좋은 음악이 있었고, 한낮의 지독한 열기를 식혀줄 시원하게 부는 바람이 있었다. 물론 음식의 대부분은 남기고 왔다.

그 식당에는 다 먹은 접시를 치우는 작고 빠른 손들

이 있었다. 손의 주인은 대개 일곱 살에서 열 살 사이의 소년들이었다. 소년들은 모두 똘똘하고 동작이 빨랐다. 그리고 어른처럼 무표정했다. 음식 값을 계산한 후에 나는 그 아이들에게 몰래 팁을 쥐어 주었다. 식탁에 두면 어른들이 가져갈 것이 뻔했기 때문이다. 아이들은 두려운 듯, 고마운 듯, 기쁜 듯 그 돈을 받았다. 그다음부터 아이들이 먼저 나에게 알은체를 했다. 나를 보면 어른스럽게 고개를 끄덕이며 인사를 건네는 것이었다.

도시를 떠나기 전날, 나는 상점에 들러 수입산 초콜릿과 사탕 같은 것을 잔뜩 샀다. 그리고 그 식당에서 여느 때처럼 식사를 하고 나오면서 접시 치우는 소년 중 하나를 불렀다. 나는 소년에게 그 초콜릿과 사탕을 안겨 주었다. 친구들과 반드시 나눠 먹어야 한다는 말도 잊지 않았다. 소년의 표정이 불이 들어온 전구처럼 환해졌다. 소년은 식당 앞까지 나와 활짝 웃는 얼굴로 몇 번이고 손을 흔들었다. 돈을 받을 때 아이들은 어른스러운 척하려 했지만, 초콜릿 앞에서는 그럴 수가 없었던 것이다.

다른 도시에서 나는 매일 밤 나프탈렌이 잔뜩 든 상자를 목에 걸고 다니며 팔던 한 소년을 봤다. 그 애의 얼굴은 늘 울상이었고, 늘 눈을 굴리며 사람들의 눈치를 살폈다. 좋게 봐줘도 정이 가는 타입은 아니었다. 소년은 내가 숙소에 들어갈 때까지 집요하게 쫓아다니며 나프탈렌을 하나라도 팔아보려고 애썼고, 그것 때문에 그 애에게 더 짜증이 났다. 곧 떠날 사람에게 대체 나프탈렌이 왜 필요할 거라고 생각하는 걸까?

어느 날 밤 나는 그 아이가 귀찮기도 하고 안쓰럽기도 해서 나프탈렌을 하나 사주었다. 그리고 숙소의 옷장에 넣어두었다. 다음 날, 더위를 먹어 깨질 것 같은 머리를 하고 숙소 앞 길가에 주저앉아 있을 때였다. 나프탈렌 소년이 또 울상을 하고 내게 다가왔다. 그 애는 마치 나를 처음 보는 것처럼 나프탈렌을 좀 사달라고 했다. 나는 어이가 없어 그 애에게 쏘아붙였다.

"내게 나프탈렌이 필요해 보이니?"

아이는 아무 말도 하지 않고 눈알만 굴렸다.

"난 어제도 샀어. 필요도 없는데. 오늘은 안 살 거야.

그러니까 저리 가."

나는 좋은 어른이었지만, 또 나쁜 어른이었다. 내가 좋은 어른이었을 때는 어디까지나 내가 그러고 싶을 때일 뿐이었다. 그러고 싶지 않을 때 나는 나쁜 어른이 되었다. 여행은 역시 자신의 바닥까지 들여다보게 만든다.

나 자신에 대한 얘기를 하려는 게 아니다. 아이들의 인생에 관해서 얘기하고 싶을 뿐이다.

사실 나는 아이들에게 시키는 체험학습을 달갑지 않게 생각한다. 물론 체험학습 자체가 나쁘다는 건 아니다. 그런 걸 시키고 싶은 마음도 이해가 가고 나 자신도 시켜 본 적이 몇 번 있으며, 아이들도 좋아했다. 하지만 거기서 뭔가를 얻을 수 있을까, 라는 생각을 하면 회의적인 기분이 든다. 진짜 인생은 체험하는 게 아니라 살아가는 것이니까.

요리를 하고 싶어 한다면 체험학습장에 데리고 가는 것보다는 매일 저녁 식사 준비를 거들게 하는 쪽이 낫지 않을까? 자칫 딸기를 키우는 고생은 모르고 딸기를 따먹는 재미만 알게 되지는 않을까? 직업 체험이 노동의 아픈 현실을 가리고 있는 건 아닐까? 모든 것을 힘들지 않을 정도로만, 귀찮지 않을 정도로만, 재미있고 신기하고 반짝거리는 정도로만 체험하는 것에 어떤 의미가 있을까?

아직도 세계의 한편에서는 다음 끼니 먹을 일도 걱정인 아이들이 배를 곯고 있는데, 수완도 없이 무작정 거리로 나가 나프탈렌을 팔고 있는데, 손님에게 웃어가며 접시를 나르고 있는데, 장갑도 끼지 않은 맨손으로 독한 페인트칠을 하고 있는데, 아이의 심심함에 죄책감을 느끼는 건 조금 우스운 일인 것 같다.

그래서 아이들이 "심심해."라고 말할 때마다 나는 심심함으로 가득 차 있던 유년시절을 떠올린다. 심심했기 때문에 할 수 있었던 일들을 떠올린다. 벽지를 뜯고 장판 위를 데굴데굴 구르고 햇살 속의 먼지를 보고 적막함의 소리를 듣고 세계의 냄새를 맡던, 그러면서 모든 것에 대한 감수성이 깊어지던 그 시기를 말이다. 그러니 아이들이 심심하다고 말하는 것은 당연한 일이고, 그런 데는 크게 반응해 주지 않는 것이 낫다.

아이들도 알게 될 것이다. 하루 종일 친구들과 신나게 놀고 "아, 오늘은 정말 최고의 하루였던 것 같아!"라는 생각을 해도 집에 돌아오면 밋밋하고 재미도 없고 해야 할 일들로 가득한 남은 날이 기다리고 있다는 사실을. 해야 하는 숙제와 방 정리, 싫어하는 반찬도 골고루 먹기, 양치질, 동생과의 싸움, 늦지 않게 잠자리에 드는 일이 남아 있다는 것을. 아이들은 맥이 빠진 채로 잠이 들겠지만 결국 남은 인생은 그런 날들이라는 것을 받아들이게 될 것이다.

중요한 것은 그런 반복적인 일상 속에서도 무언가를 발견할 수 있느냐, 없느냐일 뿐이다. 만약 그런 것을 발견할 수 있는 아이라면, 멋진 하늘과 길에 핀 이름 모를 꽃과 겨울의 기대를 품은 바람과 좋은 음악과 아름다운 문장과 벅찬 대화와 긴 산책과 맛있는 음식에 설렐 줄 아는 어른으로 자라게 될지도 모른다. 바로 우리가 생각하는 행복의 모든 것 말이다.

좋은 인상을 갖고 싶다

나는 언제나 어떻게 늙을 것인가, 라는 문제에 관심이 많았다. 조숙하다거나 생각이 깊다거나 그런 것하고는 거리가 멀다. 나는 생각도 하지 않고 뭐든 되는 대로 지르고는 머리를 쥐어박으며 후회하는 타입이니까.

잘 웃는 노인으로 늙고 싶었다. 예전에 어떤 책(사실은 제목을 알고 있지만 너무 유치해서 밝힐 수가 없다. 하지만 밝혀야겠지. 그 책의 한국판 제목은 출판사 측에서도 문제가 있다고 느꼈는지 계속해서 바뀌었는데 최종 제목이 아마 『스마트한 여자의 유쾌한 왕수다』였을 것이다. ……하지만 정말로 좋은 책이다)에서는 "손녀들에게 다리를 모아 앉으라고 타이르는 수천 명의 할머니들이 있는 반면, 정신적 닥터 마틴을 신고 사랑과 영광, 모험을 찾아 두려움 없이 세상 속으로 나아가라고 가르치는 멋진 여장부 할머니도 있는 것이다."라는 구절이 나오는데, 나는 꼭 그런 할머니가 되고 싶었다.

하지만 요즘은 할머니가 될 수 있을까, 하는 우울한 생각이 든다. 그전에 암에라도 걸려서 일찍 죽게 되면 어떻게 하지? 사실 우리 친할머니는 함경도 출신의 무시무시한 여장부였고, 우리 외할머니는 조울증에 걸린 미망인이었다. 나는 아마 조울증에 걸린 무시무시한 여장부가 되겠지. 어쩌면 지금도 그런 사람인지도 모른다.

그런데 오늘 텔레비전에서 내가 정말 되고 싶은 모습의 할머니를 보았다. 〈동물농장〉이라는 프로그램이었다. 동물이라면 사족을 못 쓰는 열 살 딸은 이 프로그램을 본방 사수한다. 심지어 유튜브에서 '개 100마리를 키우는 아주머니', '우리 집 고양이의 애교 열전' 같은 동영상만 다운받아서 보기도 한다. 저러다 컨테이너 박스에서 고양이 100마리와 함께 먹고사는 여자로 자라서 〈세상에 이런 일이〉에 나오지나 않을까 걱정이 된다.

어쨌든 그 프로그램을 옆에서 보았더니, 산속 깊은 곳에 집을 짓고 사는 노부부가 나왔다. 노부부는 5년 전 산길에 쓰러져 다 죽어가던 커다란 개를 1년 동안이나 보살펴 집으로 데리고 와서는 '복덩이'라 부르며 키우고 있었다. 복덩이의 외모는 아무리 긍정적으로 봐도 복덩이 같지는 않았다. 연탄재가 묻은 듯 거무죽죽한 털에 두 눈 주위로 시커멓게 다크서클이 낀 복덩이는 산중에서 만나면 오금이 저릴 스타일이었다. 지금 봐도 무시무시한데 비쩍 마르고 피부병에 걸려 털까지 다 빠져 있을 때는 얼마나 끔찍했을까. 그러나 그 노부부는 그 시절 복덩이에 대해 그저 '불쌍하다'고만 했다. 정말로 착한 사람들이다. 노부부는 복덩이를 집으로 데리고 와 예뻐하며 키우고 있지만, 그 예쁜 복덩이를 만질 수가 없어 〈동물농장〉에 도움을 요청했다고 한다. 사람이 손만 가까이 대도 질겁하며 도망친다는 것이다.

예쁘기는커녕 도사견처럼 무서운 유기견을 만져보

고 싶어 방송국에 전화를 건 그 노부부는 도대체 얼마를 줘야 저런 인상을 살 수 있을까 싶을 정도의 얼굴을 하고 있었다. 할머니가 입은 품이 넉넉한 쪽빛 윗옷과 바지는 낡고 소탈해 보였지만 또 드물게 기품이 있어 보였다. 웃음기 밴 얼굴과 느릿느릿 다정한 말투를 보면 산중에 살던 소녀가 세상의 때 따위는 묻지 않은 채 그대로 할머니가 된 것만 같기도 했다. 할아버지 역시 마찬가지였다. 동글동글한 얼굴에는 늘 웃음이 걸려 있었다. 두 사람은 마치 전래동화 속에 나오는 부부 같았다. 꽃에서 태어난 엄지공주를 데려다 자기 자식처럼 키운 노부부 같은 사람들 말이다.

집도 마음에 들었다. 낡지만 깨끗하게 관리된 집이었다. 마당은 시멘트로 덮는 대신 흙바닥 그대로 두었는데, 매일 빗자루로 쓰는지 깨끗했다. 시골집이라면 흔히 너저분하게 널려 있는 잡동사니들도 보이지 않았다. 집조차도 소탈하고 품위 있었다. 그런 할머니, 할아버지에게 발견되다니, 복덩이는 정말 복이 많은 개인 것 같았다.

나도 그 할아버지, 할머니처럼 늙고 싶다. 좋은 인상을 갖고 싶다. 세상 만물을 착한 심성으로 바라보고 싶다. 하지만 나는 자타가 공인하는 나쁜 인상의 소유자다. 가끔 넋을 놓고 앉아서 '오늘 저녁에 뭘 먹을까?', '냉장고에 뭐가 있었지?', '고기가 먹고 싶다, 고기가' 같은 생각이나 하고 있으면 옆에 있던 남편이 불안한 표정으로 묻는다.

"뭐 기분 나쁜 일 있어?"

남편이 보기에는 내가 결혼 생활의 모순이나 삶의 비애, 지구 종말, 어쩌면 빚 걱정 같은 걸 하고 있는 것 같아 보이나 보다. 억울하다. 일단 이 인상을 어떻게 좀 해야 한다. 종교라도 가져야 하는 걸까?

내가 아무리 아니라고 해도, 사실 인상은 내 내면을 고스란히 드러낼 것이다. 나도 이제는 살아온 시간이 얼굴에 새겨지는 마흔에 가까운 나이가 되었으니, 변명할 수도 없다. 마흔부터의 얼굴은 부모님이 물려주신 얼굴이 아니라 내가 만든 얼굴이니까. 내 표정이 늘 심각해 보이는 이유는 정말로 내가 늘 화가 나 있고 심각하기 때문일지도 모른다. 저녁에 뭐 먹지, 같은 생각을 하면서도 화난 것처럼 보이는 이유는 저녁 식사를 생각하는 것조차도 가볍게 하지 못하는 사람이라서가 아닐까. 일상의 모든 것이 나에게는 임무이고 과제인 것이다.

그러고 보니 우리 아빠가 바로 그런 사람이다. 엄마는 '아빠에게 있어 6 · 25 사변과 보릿고개는 아직 끝나지 않았다'고 말한다. 아빠는 아직도 전쟁 직후의 가난한 세계를 살고 있다. 늘 쫓기는 것처럼 보이고, 어깨에 힘이 잔뜩 들어가 있다. 쌀독에 쌀이 떨어지면(심지어 우리 집엔 쌀독 같은 것도 없는데) 히스테리를 부리고, 냉동실이 폭발하기 직전이어도 가진 음식을 남과 나누지 못한다. 여행은 한 달 전부터 준비하고, 오후 2시에 약속이 잡혀 있으면 오전 7시부터 부산을 떨면서 식구들을 들들 볶는다. 유전은 어쩔 수 없는 걸까?

느릿느릿 살고 싶다. 이러면 어떠하리, 저러면 어떠하리 유유자적 살고 싶다. 고민해 봤자 달라질 것이 없는 문제에 대해서는 고민하지 않으면서 살고 싶다. 해가 나면 볕을 쬐고, 비가 오면 처마 아래서 빗소리를 들으며 살고 싶다. 내년도 올해와 같을 거라고, 올해 굶어 죽지 않았으니 내년도 그럭저럭 버틸 수 있을 거라고 믿으면서 살고 싶다. 자연스럽게 살고 싶다.

사는 게 팍팍하고 어렵고 두렵게만 느껴질 때는 사실 정말로 그렇다기보다는 마음이 좁아져 있는 경우가 많다. 시야는 좌우 1미터 정도밖에 미치지 못한다. 사는 데 무슨 정답이 정해져 있는 것 같고, 내가 거기에서 자꾸 비껴 나가는 것 같고, 앞날이 무섭기만 할 때는 심호흡을 좀 하고 나의 롤모델들을 떠올린다. 그 사람들 중에 엄청난 부자나 대단한 능력자는 없다. 모두 평범한 사람들이다. 몸을 움직여 열심히 일하고 자신의 몫을 살아낸 후 조용히 사라지기를 기다리는 사람들이다. 〈동물농장〉에 나온 그 할머니와 할아버지처럼. 나의 롤모델이 그런 사람들인데, 나는 대체 어딜 보고 있는 걸까?

이처럼 괜찮은 세상에서

5월에 마음이 맞는 언니와 함께 한적한 동네 뒷골목에 작은 북 카페를 열었다. 동네 사람들이 다 어이없어 하면서 지나간다. 여긴 대체 뭐 하는 곳이냐며 묻는 사람도 많다. 공방이나 공부방 같은 거라고 생각하기도 한다.

처음부터 장사가 안 될 거라고 예상했기 때문에 하루 종일 손님이 없어도 크게 개의치 않았다. 6개월 안에 월세를 내고 재료비를 감당할 정도만 된다면 성공이라고 생각했다. 1년 안에 둘이서 월 15만 원씩만 수익을 가져갈 수 있어도 대성공이라고 생각했다. 성공의 기준

이 낮기 때문에 벌써 성공의 궤도에 오른 것 같기도 하다. 내가 성공한 사업가가 되다니.

하지만 역시 장사를 해보니 알게 된다. 장사는 버티는 게 중요하다는 걸. 잘 되건 못 되건 버텨야 한다. 손님이 있건 없건 버텨야 한다. 힘들건 괴롭건 버텨야 한다. 이런 날도 있고 저런 날도 있을 텐데 이런 날과 저런 날을 묵묵히 감내해야 한다. 나는 그런 것을 배우고 있다.

처음부터 카페의 목적이 단순히 커피와 차를 파는 공간이 아니었기 때문에 이런저런 일들을 기획했다. 한쪽 벽에 책장을 짜 넣고 우리가 좋아하는 책들로만 채웠다. 책의 배치는 주제에 따라 1, 2주에 한 번씩 바꾼다. 하지만 사람들은 책장 근처로 다가가지도 않는다. 처음에는 실망스러웠지만, 그럼에도 조금씩 책장을 구경하는 사람들이 생기고 있다.

이런저런 모임이나 수업, 프로젝트를 기획하는 것도 우리가 반드시 해야 할 일 중 하나다. 우리 동네는 정말 좋은 동네인데, 이 좋은 동네에 어울리는 공간이 없었다. 동네 사람들이 오며 가며 부담 없이 들를 수 있는 괜찮은 공간이 하나 있었으면 했다. 그 공간에서 재미있는 일들이 벌어졌으면 했다. 그림을 그려도 좋고 책에 대한 이야기를 나눠도 좋고 바느질을 해도 좋았다. 집에서 혼자 외로워하는 사람들이 있다면 여기에서 친구를 사귈 수도 있었으면 했다.

하지만 사람을 모은다는 것은 쉽지 않은 일이다. 모은 사람들을 관리하는 것은 더더욱 쉽지 않다. 사실 세상에서 가장 어려운 일이다.

나는 단체 생활을 별로 좋아하지 않는다. 뭐든 남과 함께 하는 것보다는 혼자서 하는 것을 좋아한다. 모든 사람이 하나의 목표를 향해 일심동체가 되는 걸 보면 소름이 끼칠 만큼 무섭다. 그래서 응원전, 군 복무 같은 건 질색이다. 친구가 많지도 않고 낯도 가린다. 사람이 너무 많은 곳에 가면 숨이 막혀서 축제나 백화점도 좋아하지 않는다. 하루 정도 친구를 만나면 2, 3일은 쉬어줘야 에너지가 재충전된다. 말을 너무 많이 하면 머리가 아프고 지친다.

그런 내가 카페의 주인이 되어 사람들을 불러 모으다니, 이래도 되는 걸까.

하지만 나는 또 함께인 것을 좋아하는 사람인지도 모른다. 어릴 때 나는 골목대장이었다. 아이들을 모아서 산으로 들로 놀러 다니며 새로운 놀이를 만들었다. 심지어 '장미 클럽'이라는 클럽을 만들어 옥상에서 창단식 같은 걸 하기도 했다. 나름 형식을 갖추느라 커다란 흰 종이에 장미 그림을 그려넣고, 모임의 규칙 같은 것도 적었다. 그 클럽에서 하는 일은 아파트 옆 개울가의 쓰레기를 치우고 일요일 아침에 아파트 마당을 청소하는 일 같은 거였다(새마을운동에 심취했던 것이 틀림없다). 하지만 막상 일요일 아침이 되면 회원들이 늦잠을 자거나 텔레비전 만화를 보느라 아무도 나오지 않아서 집집마다 깨우러 다니기도 했다. 어른들은 나를 별나다고 했다. 하지만 학교에 가서는 하루 종일 입 한번 벙긋하지 않았다. 나는 좀 그런 여자애였다.

처음 카페에서 기획한 것은 나만의 책을 만드는 프로젝트였다. 이 프로젝트에서는 총 7차에 걸쳐 매주 출판 편집인, 일러스트레이터, 작가, 사진가의 강의를 듣게 된다. 그리고 그 과정에서 배운 것들을 녹여 책을 만든다. 하지만 중요한 것은 결과물이 아니라 과정이라고 생각했다. 프로젝트에 참여한 이들은 전문가도 아니고 책을 출판해 시중에 판매할 것도 아니다. 대부분은 혼자만의 추억으로 간직할 것이다. 하지만 다양한 사람들의 이야기를 듣고, 이웃과 나의 이야기를 공유하는 과정을 통해 각자의 고독으로부터 잠시나마 떨어져 나올 수 있을지도 모른다고 생각했다. 누구나 가지고 있는 '연결'의 욕구를 충족시키는 기회가 될 수 있기를 바랐다.

수업의 마지막은 작은 마을 북 페어로 마무리했다. 카페 안에서는 우리가 만든 책을 전시하고, 카페 바깥에서는 각자의 집에서 잠자고 있는 책들을 가지고 나와 다른 책과 교환하고 판매하기도 한다. 한쪽에서는 아이들을 위한 책 만들기 강습이 열리고, 다른 쪽에서는 인형극이 펼쳐진다. 호주인 이웃이 직접 만든 소시지를 구워 핫도그를 팔기도 한다. 뭔가를 얻으려는 것이 아니라, 이웃들에게 우리 동네에서도 이렇게 재미있는 일을 할 수 있다는 것을 보여주고 싶었다.

일본의 유명 서점 체인 츠타야의 회장 마스다 무네아키는 『지적자본론』이라는 책에 이렇게 썼다.

> 0에는 무엇을 곱해도 0이다. 1을 만들어 내야 비로소 새로운 결과를 얻을 수 있다.

그 말은 곧 아무것도 하지 않으면 나쁜 일도 일어나지 않겠지만, 동시에 좋은 일도 일어나지 않는다는 뜻도 된다. 그리고 뭔가를 하게 되면 단순히 목표로 했던 것만이 아니라, 기대치 못한 보너스까지 덤으로 받게 될 수도 있다는 뜻이다. 그래서 두려워도, 힘들어도, 귀찮아도, 뭐라도 해야 하는 건지도 모른다.

우리가 한 일은 작은 수업이었고, 작은 동네잔치였다. 수업도 잔치도 탈 없이 잘 치렀다. 하지만 우리는 그저 하기로 한 일을 해내기만 한 것이 아니었다. 마스다 무네아키의 말처럼 기대치 못한 선물도 받았다. 이 일이 아니었다면 알지 못했을 이웃들을 알게 되었고, 좋아하는 일을 하며 살아가는 사람들의 이야기도 들을 수 있었다. 그리고 이것으로 당연한 사실을 또 한 번 확인했다. 세상에는 괜찮은 사람들이 참 많았다.

이것은 타인을 위한 일일까? 아니, 전혀. 나처럼 이기적인 인간에게 이타심을 기대해서는 안 된다. 이기적인 인간이 이타적인 일을 억지로 해내려고 하면 남에게 위선을 떤다는 얘기를 듣거나 암에 걸릴지도 모른다. 나는 나 자신을 위해 이 일을 했다. 세상이 그래도 살 만한 곳임을 깨닫기 위해서 이 일을 했다. 방구석에 처박혀 세상을 저주하고 사람들을 미워하고 자책을 일삼느니 나가서 헛짓거리라도 하면 뭐라도 얻게 되지 않을까 싶어서 이 일을 했다. 그리고 세상은 충분히 괜찮은 곳이었다.

아직은 잘 모르겠지만, 아마 10년쯤 후 오십에 가까운 나이가 되었을 때쯤, 나는 지금의 나에게 정말 잘했다며 머리를 쓰다듬어줄 것 같기도 하다. 그날까지 버텨보자고 생각한다.

+ 그 후의 이야기

카페는 문을 닫았습니다만

카페에 관해서는 이 책뿐만 아니라 다른 책이나 칼럼에도 많이 썼다. 더 이상 이야기할 것조차 남아 있지 않을 정도다. 문을 닫은 지 꽤 오랜 시간이 지난 데다 가끔은 나 자신도 '그런 곳이 있었나' 싶을 정도로 까맣게 잊어버리고 있을 때가 태반이다. 나는 원래 지난 일에 미련을 품는 타입은 아니다. 쿨해서가 아니라 생각이 짧기 때문일 것이다.

동시에 그건 뭐라고 해야 할까, 나는 나름대로 최선을 다했기 때문에, 내 부족한 능력으로 할 수 있는 건 다 했기 때문에 미련 없이 손을 턴 것과 같다. 각종 진상을 부리며 발목 잡고 매달린 애인에 대한 사랑은 의외로 쉽게 잊혀도, 소리 한 번 못 질러보고 고상하게 떠나보낸 애인은 평생 그리워하게 되는 것이나 마찬가지다. 미련이나 후회는 언제나 해야 했으나 하지 못했던 것들에 대한 감정이다.

변두리 동네 뒷골목에 어이없는 카페를 차리고 짧게나마 꾸려나갔던 그 시절을 낭만적인 어떤 것으로 치장하고 싶지는 않다. 유럽 여행 한번 거하게 다녀오는 셈쳐서 500만 원쯤의 돈을 들이고, 매달 커피 사 마시는 값이라 생각하고 30만 원씩의 월세를 냈다. 대개 오전 10시부터 오후 5시까지 문을 열었다. 1년 반 정도 지난 후에는 도무지 다른 일과 카페를 꾸리는 일을 병행할 수 없어 문을 닫고 친구들과 월세와 운영비를 나눠 내며 작업실로 썼다.

아무튼 작업실이 있다는 건 참 좋은 일이었다. 주말에는 온 가족이 작업실로 몰려가서 음악을 듣고 커피나 맥주를 마시고 빈둥대며 보냈다. 그 공간이 있어서 굳이 남의 카페에 갈 일이 없었고, 늘 집에 처박혀 있는 데 대한 불만도 해소할 수 있었다. 작업실에서 친구들을 만나고 맛있는 음식을 만들어 나눠 먹고 연주회도 하고 그림을 그리고 글을 쓰고 영화도 보고 좋아하는 작가에 대한 이야기도 나눴다.

그 작업실을 통해 우리의 일상은 좀 더 확장되었다. 동시에 그 시절 내 주변에는 내 인생 어느 때보다 많은 사람들이 있었다. 커다란 나무에 벌레와 새와 벌과 나비와 다람쥐가 모여드는 것처럼. 그건 꼭 부자가 된 기분이었다. 한 달에 30만 원으로 나는 부자의 기분을 만끽할 수 있었다.

불가능해 보이는 것들, 말도 안 되는 꿈처럼 느껴지는 것들 중 대부분은 막상 해보면 별것 아니다. 집이 아닌 곳에 나만의 공간을 꾸리는 건 약간의 목돈을 들이고 지출을 감수한다면 가능한 일이다. 대박을 바라지만 않는다면 카페의 주인이 되는 것, 장사를 하는 것도 특별한 사람만 할 수 있는 일은 아니다. 시작하는 것은 어렵지 않다. 다만 꾸려나가는 일이 힘겨울 뿐이다.

잡다한 것들에 관심이 많아 언젠가 사주팔자에 관한 책을 본 일이 있다. 운명의 통계학이라 할 만한 이 심오한 학문을 나는 정말이지 겉핥기밖에는 할 수 없었지만, 아무튼 흥미진진했다. 책을 보고 대충 풀이한 나의 야매 사주는 재물운은 없으면서 일에 관한 운, 고생할 운은 무지하게 많았다. 하지만 실망할 필요가 없다. 사주팔자는 관대하니까. 좋은 팔자도 나쁜 팔자도 없다. 이쪽이 좋으면 다른 쪽이 술술 새어나간다. 저쪽이 나쁘기에 그쪽이 좋을 수도 있다. 중요한 것은 균형을 맞추며 살아가는 것이다.

나는 돈은 없지만 일은 많은 운을 타고났기에, 일을 통해 많은 사람들을 만나 그들에게서 배우는 것으로 부족한 운을 메꿀 수 있다고 나의 야매 사주팔자는 알려주었다. 나는 내 팔자를 믿어보기로 했다. 하고 싶은 일, 재미있어 보이는 일은 무조건 해본다. 그리고 그 일을 통해 만나는 사람들을 통해 알지 못했던 것들을 배운다. 그러면 돈은 어떻게든 따라오리라.

카페를 열고 운영하는 일도 그런 취지에서 했다. 카

페를 닫고 다시 사람들을 잘 만나지 않고 칩거하게 된 것은 내 마음이 시키는 대로 했다. 그간 바깥으로 나를 확장하는 일을 했으니, 다시 내 안으로 침잠하고 싶어져서, 오로지 그러고 싶어져서 그렇게 했다. 내 팔자와 내 마음을 믿었다. 믿을 수 있기까지 많은 시간을 헛발질을 하면서 살아왔다. 이번에도 헛발질일 수 있겠지만, 적어도 어떻게든 될 거라는 낙관이 생겼다.

내가 만나는 모든 사람들, 내가 겪은 모든 일들에서 배운 것들을 자양분 삼아 살아가고 있다. 가난할 때도 부자의 마음으로 살아가려고, 돈이 좀 있을 때도 가난한 마음을 잊지 않으려고 노력하고 있다. 지금의 내 인생을 기꺼이 받아들이며 살아가기 위해 애쓰고 있다. 나쁘기만 한 인생도, 좋기만 한 인생도 아니다. 그럭저럭 괜찮은 인생이라 생각하며 살고 있다.

에필로그
하찮은 것들에 대해서

처음 이 책을 쓸 때만 해도 세상은 하찮은 것들을 그야말로 하찮게 생각하는 분위기였다. '소확행'이라는 말이 유행이 된 지도 얼마 되지 않던 시절이었다. 사람들은 정치나 사회나 자아 같은 그런 거대한 것들에 대해 주로 이야기했고, 자존감을 찾거나 자기 자신을 사랑하는 문제는 세상에서 가장 중요한 일처럼 보였으며, 상처받고 주저앉은 이들을 위한 따뜻한 토닥임이나 따끔한 질책이 넘쳐났다. 그런 시절에 나는 골방에 앉아 내 하찮은 인생의 하찮은 것들에 대해 잔뜩 썼다. 종종 의기소침해지기도 했지만, 계속 쓸 수 있었던 이유는

'흥, 누가 이런 걸 읽겠어?' 하는 무책임한 마음 덕분이었다.

이 책이 나온 지 3년이 지났다. 책에 실린 글들을 쓴 때로부터는 4~5년이 지났는데, 그 새 세상은 완전히 달라졌다. 이런 책을 쓴 나조차 놀랄 정도로 사람들은 다들 하찮은 것들에 대해 이야기하고 있다. 이런 흐름이 무엇을 뜻하는지 나는 잘 모르겠다. 이제 나도 40대가 되었고, 어른이 아니라고 우길 나이도 아니고, 심지어 사춘기에 접어든 자식 둘까지 키우고 있는 처지다. 세상이 이렇게 달라지고 있는 것을 어떻게 받아들여야 할지 나는 잘 모르겠다.

나의 생활을 구성하는 모든 작고 아름다운 것들을 사랑한다. 고운 얼굴을 욕망 없이 바라다보며, 남의 공적을 부러움 없이 찬양하는 것을 좋아한다. 여러 사람을 좋아하며 아무도 미워하지 아니 하며, 몇몇 사람을 끔찍이 사랑하며 살고 싶다. 그리고 나는 점잖게 늙어가고 싶다. 내가 늙고 서영이가 크면 눈 내리는 서울 거리를 같이 걷고 싶다.*

하지만 뭐, 몇 십 년 전에도, 몇 백 년 전에도 사람들은 하찮은 것들을 중요하게 여기며 살아왔다. 우리 조상들은 대나무에 맺힌 이슬과 쏟아지는 달빛을 즐길 줄 아는 사람들이었다. 피천득의 오래된 수필 속 문장들에는 그대로 마음에 새기고 싶을 정도로 소박한 아름다움과 멋이 있다. 어쩌면 우리에게도 그간 빠른 걸음으로 걷느라 놓친 것들을 찬찬히 들여다볼 시간이 겨우 찾아온 건지 모른다.

---

* 피천득, 『인연』, (샘터, 2002)

이 세상에는 남들이 뭐라고 하든, 알아주든 말든, 룰루랄라 즐겁게 살아가는 아저씨, 아주머니들이 여기저기에 숨어 있을 것이다. 종종 그런 생각을 하면 기분이 좋아진다. 그런 아저씨, 아주머니들이 존재한다는 사실만으로도 세상은 꽤 살 만한 곳인 것만 같다. 나도 그런 아저씨, 아주머니들 중의 한 사람이 되고 싶다. 그런 아저씨, 아주머니들 중의 한 사람이 되어서 세상의 한구석에서 룰루랄라 즐겁게 살아가고 싶다.

그것이 이제부터의 내 계획이다.

온전히 나답게

초판 1쇄 발행 2016년 7월 5일
초판 8쇄 발행 2018년 1월 15일
개정판 4쇄 발행 2021년 11월 10일

지은이 한수희
펴낸이 김종길 **펴낸 곳** 글담출판사 **브랜드** 인디고

기획편집 이은지 · 이경숙 · 김보라 · 김윤아 · 안수영 **영업** 김상윤 · 최상현
디자인 엄재선 · 박윤희 **마케팅** 정미진 · 김민지 **관리** 박지웅

출판등록 1998년 12월 30일 제2013-000314호
주소 (04029) 서울시 마포구 월드컵로8길 41(서교동 483-9)
전화 (02) 998-7030 **팩스** (02) 998-7924
페이스북 www.facebook.com/geuldam4u **인스타그램** geuldam
블로그 http://blog.naver.com/geuldam4u

ISBN 979-11-5935-052-8 (03810)
* 책값은 뒤표지에 있습니다.
* 잘못된 책은 바꾸어 드립니다.

만든 사람들 ————————
책임편집 이은지 **표지 디자인** 정현주